清純ナースと豊艶女医
ときめきの桃色入院生活

早瀬真人

挿絵／クマトラ

JN266812

KILL TIME COMMUNICATION

Contents

目次

登場人物 *Characters*

三崎 孝太郎
(みさき こうたろう)

高校三年生。単純でお調子者だが、人情には厚い健康優良児の童貞少年。子供を助けたことで手足に大怪我を負い入院することに。

篠崎 沙也香
(しのざき さやか)

孝太郎が入院した聖邦総合病院の正看護師。二十二歳。孝太郎の自宅近くに住んでいた憧れの人。清楚で可憐、献身的な女性ながら、嫉妬深い一面も。

高木 玲子
(たかぎ れいこ)

聖邦総合病院の外科に勤務する女医。背が高く、黒いタイトスカートがよく似合う、女王様タイプのクールでグラマラスな三十二歳。離婚歴がある。

富永 麻衣
(とみなが まい)

聖邦総合病院、泌尿器科勤務の正看護師。二十六歳。外見は優等生タイプのナースだが、実はエッチ大好きの快活なイケイケお姉さん。

栗原 桃子
(くりはら ももこ)

聖邦総合病院に勤める准看護師の十九歳。ベビーフェイスで初心な感じに見えるが元子ギャルで、自意識の強い小悪魔的な性格。巨乳。

第一章　小悪魔ナースの手コキ

1

ナース服に身を包んだ女性が、ゆっくりと近づいてくる。

アーモンド形の目、小さな鼻、ふっくらとした愛らしい唇。三崎孝太郎《みさきこうたろう》は、清楚で可憐という表現がぴったりのお姉さんをベッドの上から仰ぎ見た。

「さ、沙也香《さやか》姉ちゃん。こんな真夜中にどうしたの？」

「うん。ちょっと……話がしたくて」

「話って……？」

「孝太郎君、他のナースたちからヒーロー扱いよ。マンションの四階から落ちてきた子供を身を挺して助けるなんて、普通の人にできることじゃないわ」

「いや、つい身体が動いちゃったんだ。そのせいで両腕を骨折したんだから、そんなカッコいいもんじゃないよ」

「謙遜するところが男らしい。私だって……」

「え？」

篠崎《しのざき》沙也香は二十二歳、孝太郎の自宅近くに住んでいた四つ年上のお姉さんだ。

看護師になった今は寮住まいだが、子供の頃は弟のようにかわいがってもらった。

孝太郎にとっては憧れの人であり、また初恋の人でもある。

その沙也香が頬を赤く染め、うっとりとした表情で自分を見つめているのだ。

中学生の頃は、彼女の面影を思い浮かべ、何度オナニーを繰り返したことだろう。

童貞を捧げるならこの人、という気持ちはいまだに変わらない。

(もしかすると、俺の願いが通じたのかも)

沙也香が看護師を目指しはじめた頃から、顔を合わせる機会はめっきり減ったが、彼女が勤める病院に入院できたのだから、マンションのベランダから落ちた子供には感謝したいぐらいだった。

沙也香は潤んだ瞳を伏せ、恥じらいながらナース服のボタンを外していく。そして裾から手を潜りこませると、パンストをするすると引き下ろしていった。

(う、嘘だろ？)

女の人にとって、子供を助けたという行為は、それほどポイントが高いことなのだろうか。孝太郎の股間の膨らみは、ムクムクと風船のように膨らんでいった。

お姉さんの汗と体臭をたっぷりと含んだパンストが、ベッドの上にふわりと落とされる。

(さ、沙也香姉ちゃんのパンストだ。あぁ、思う存分、匂いを嗅いでみたいよぉ)

指を伸ばそうとしても、ギプスで固定された手はピクリとも動かない。

もどかしさに身を捩らせたその直後、ナース服が床にパサリと落ち、甘い芳香が鼻先に漂ってきた。

「あぁっ」

清楚で上品なお姉さんらしく、レースの刺繍を縁に施したブラジャーとパンティ。純白のランジェリー姿が、視界に飛びこんでくる。

沙也香は着やせするタイプなのか、想像以上に肉感的な肢体をしていた。

中央に仲良く寄り添い合う二つの膨らみは、くっきりとした谷間を刻み、ふっくらとした柔らかさと抜けるような白さを放っている。蜂のように引き締まったウエストから腰にかけては、心地いいと思えるほどのまろやかな曲線を描いていた。

股間の中心部を覆い隠すようにせり出した、両太腿のむっちり感がたまらない。

孝太郎が生唾を呑みこむと、沙也香はゆっくりと近づき、前屈みになりながらさくらんぼのような唇を近づけてきた。

「あっ……んむっ」

朱色の艶々としたリップが、やんわりと重ね合わされる。

もっちりとした唇の感触に酔いしれながら、孝太郎はパジャマの中のペニスをビンビンにしならせていた。

髪の毛のフローラルな香りが鼻孔をくすぐり、甘い唾液が何度も送りこまれる。

（な、何て柔らかいんだ。それにキスだけで、こんなに昂奮するなんて……⁉）

生温かい舌が口内に差しこまれたと同時に、孝太郎は全身に甘美な電流を走らせた。

沙也香がキスをしながら、股間の膨らみに手を伸ばしてきたのだ。

手のひらが、三角の頂をゆっくりと擦りあげる。ただそれだけの行為でペニスは何度も熱い脈動を打ち、孝太郎は狂おしげに腰をくねらせた。

（あぁ、気持ちいい。気持ちいいよぉ）

全身の血が逆流するような昂奮と快美が、身体の深奥部から次々と込みあげてくる。

沙也香の唇がすっと離れると、孝太郎は早くも両肩でぜいぜいと喘いでいた。

「孝太郎君、かわいいわ。入院して三日目だもの。たくさん溜まってるのね。腰をちょっと浮かせて」

言われるがまま、ベッドから臀部を上げると、沙也香はズボンの上縁に指を添え、トランクスごと剥き下ろしてくる。

(あっ！　お姉ちゃんに、おチンチンを見られちゃう⁉)

慌てて腰を落としたものの、一瞬早く、布地は太腿の中途まで引き下ろされ、パンパンに張りつめた剛直は、扇状に翻りながら下腹を派手に打ちつけた。

スモモのような亀頭と青筋を何本も浮き立たせた肉胴が、余すことなくさらけ出される。

「は、恥ずかしいよ……あ、くぅ」

孝太郎が忸怩した瞬間、沙也香はしなやかな指を肉茎の根元に絡ませていた。

「恥ずかしがらなくていいの。男の子だもん、仕方ないわ。今日はお姉ちゃんが、一滴残らず搾り取ってあげるからね」

虫も殺さぬような顔をして、何と淫靡な言葉を投げかけてくるのだろう。

沙也香の放つ淫語だけで腰に熱感を走らせた孝太郎は、期待と不安を交錯させながら自身の下腹部を凝視した。

いったいこのあと、美貌のお姉さんはどんな淫らな行為を仕掛けてくるのか。

キスはもちろん、異性から手コキやフェラチオを受けるのも初めてのことである。

半開きにした口の隙間から荒々しい吐息を洩らした瞬間、沙也香の顔が徐々に孝太郎の下腹部に近づいていった。

(フェ、フェラチオだ!!)

不浄な男性器を、美女の清らかな唇と舌で舐ってもらえる。オナニーするときはまさに至高の妄想だったが、それが今現実のものになろうとしているのだ。

優美なお姉さんは、いったいどんな口唇愛撫を見せてくれるのか。そして、どれほどの快楽を与えてくれるのか。

生温かい吐息が宝冠部に吹きつけられ、愛らしい唇がゆっくりと開け放たれる。しっとりと濡れた唇が先端に触れただけで、孝太郎は腰をビクンと跳ねあげさせた。

「あ、あぁぁぁぁぁっ」

欲望の塊が怒濤のように荒れ狂い、噴射口に向かってなだれこんでいく。

咄嗟に会陰を引き締めても、そんなものはまったく役に立たない。

筋肉ばかりか、骨まで蕩けそうな悦楽に打ち震えながら、孝太郎は尿道口から灼熱の溶岩流を一気に噴きあげさせた。

「あ、あ、あぁっ!」

射精は一度や二度では収まらない。牡のエキスが放たれるたびに、頭の中が真っ白になり、天国に昇るような浮遊感が全身を包みこんでいく。

（き、気持ちいい。こんなに気持ちのいい射精は初めてだ……あっ⁉）

次の瞬間、孝太郎は現実へと引き戻されていた。

目を微かに開けると、薄暗い闇の中に、天井だけがぼーっと浮きあがっている。

「な、何だ。ここはどこ⁉」

沙也香から受けた淫らな行為が、すべて夢の中の出来事だったとわかるまで、多少の時間を要した。

（そうだ……俺、病院に入院してたんだっけ）

一学期の終業式のあと、孝太郎は自宅に戻る途中、たまたまマンションのベランダを乗り越えようとする子供を目にした。

四階ということを考えれば、大けががだけでは済まない可能性は限りなく高い。

孝太郎は咄嗟に大声をあげながら、ベランダの真下に駆けだし、間一髪落ちてきた子供を両腕で抱きかかえたのである。

そのとき、腕に走った激痛は今でもはっきりと覚えている。

近所のオバさんたちの通報によって、救急車が呼ばれ、孝太郎は聖邦《せいほう》総合病院に運ばれるやいなや緊急手術を受けた。

両腕骨折でギプス固定された自身の姿を見たときは、いたたまれない気持ちになったものの、まさか沙也香との再会が待ち受けていようとは夢にも思わなかった。

彼女は外科勤務のナースで、孝太郎の担当になったのだから、ある意味、運がよかったのかもしれない。

(でも……この三日間は慌ただしかったよな)

人命救助の美談は、その日のうちにテレビのニュースや新聞で取りあげられ、取材申し込みの連絡があとを絶たなかったという。

完全看護の病院側も配慮し、孝太郎を相部屋から個室へと移したのだが、今度は見舞い客の対応でてんてこ舞いだった。

助けた子供の両親はもちろん、高校のクラスメートや中学時代の友人、何年も会っていない小学生のときの友だちや教師でさえ顔を出すほどで、父や母はまさに鼻高々という感じだった。

孝太郎からしてみれば、ヒューマニズムに溢れた行動とは少しも思っておらず、単に身体が動いてしまっただけのことなのだが、ヒーロー的な扱いを受けて決して悪い気はしない。

それ以上に、ナースたちの注目を一身に浴びる状況のほうがうれしかった。

この三日間、いったい何人のナースが孝太郎の病室を訪れたことだろう。

彼女たちは特別な用事があるというわけではなく、明らかに人命救助のヒーローに興味を抱いてやって来たという感じだった。

(みんな一様に、うっとりとした顔つきで俺を見つめてくるもんな)

本当は沙也香一人にモテれば満足なのだが、彼女は初日こそ孝太郎の行為を褒めてくれたものの、二日目以降はあくまで患者の一人として、テキパキと仕事をこなす対応に徹していたのである。

(昔から看護師になりたいって言ってたくらいだから、きっと根が真面目なんだろうな……あっ)

そこまで考えたとき、孝太郎は突然下腹部に走った違和感に気づいた。

ひんやりとした冷たい感触が、ペニスを中心に広がっていく。

(う、嘘だろ。まさか……こんなところで夢精しちゃうなんて)

性欲旺盛な十八歳の少年は、たった三日間の入院でも、睾丸に大量の精液を生成していたようだ。ギプスをつけた両腕でタオルケットを浮かすと、栗の花のような強烈な香りが鼻孔を突いた。

「やばい……やばいよ」

もちろん自分の手では、処理するどころか、パジャマのズボンを下ろすことさえできない。

このまま乾くまで放置するか、それとも……。

考えている最中も、精液は会陰のほうにまで滴り落ち、下手をしたらズボンの表面にまで滲みでてきそうだ。

壁時計の針は、午前四時を指し示している。

逡巡したあげく、孝太郎は沙也香以外のナースが来ることを願いながらナースコールのボタンを押した。

一分も経たず、廊下側からパタパタと人の足音が聞こえてくる。

「孝太郎君、どうしたの？」

引き戸が開けられ、沙也香の愛くるしい顔が覗くと、孝太郎は瞬く間に口元を歪めていった。

2

困惑顔の孝太郎を尻目に、沙也香はにこやかな笑顔で近づいてくる。

「さ、沙也香姉ちゃん。今日は夜勤の日なの？　昼間もいたじゃない」

「そうよ。昨日から今日にかけてはオールで勤務。その代わり、今日の朝からは完全休養日なの」

百万ドルの微笑も、今日ばかりはまともに見られない。

「おしっこかしら？」

「あ、あの……」

夢精したとはどうしても言えず、孝太郎が額に脂汗を滲ませると、沙也香はやや苦笑交じりに言い放った。

「言っておくけど、今日は私以外のナースはいないからね」

「そんな……。師長はいないんですか？」

「いません」

これまでの孝太郎は、大や小の排泄を催したとき、若いナースたちの介助を頑なに拒み、オバさんナースの対応を要求してきた。

今度ばかりは、その手も通用しなさそうだ。

「人間なら誰しも排泄するんだから、恥ずかしがる必要なんてないのよ。私たちだって、仕事でやってるんだから」

「……それはわかるけど」

「第一、今さら恥ずかしがることなんてないじゃない。孝太郎君が小さいときは、いっしょにお風呂に入ったことだってあるんだし」

「そ、そういう問題じゃないです」

孝太郎の意見など聞く耳持たず、沙也香は腰を落としてベッド下にある尿瓶に手を伸ばす。その瞬間、清楚なお姉さんは、長い睫毛をピクリと震わせた。

「あら、何これ？」

「あっ、それは⁉」

沙也香が手にしたものは、友だちが見舞いの品と称して持ってきた、いかにも過激そうな成人誌だった。

五、六冊はあるだろうか。表紙にはうら若き乙女が大股を開き、これでもかと淫らなポーズを見せつけている。オナニーどころか、ページすら捲れないことを知りつつ、あえて持ちこんでくるのだから、まさにとんでもない悪友たちだった。

「と、友だちが持ってきたもので……」

孝太郎の申し開きを無視し、沙也香はエロ本のページをパラパラと捲っていく。

眉間に皺が寄り、瞳孔がみるみるうちに開いていった。

「……いやらしい」

お姉さんは唇をツンと尖らせたあと、本をベッド下に放り投げ、尿瓶を手に取る。

そして、ムスッとした顔つきでタオルケットに手を伸ばした。

「あ、ま、待って。おしっこじゃないんです！」

「何言ってるの？　顔中、汗まみれじゃない。ずっと我慢してたら、膀胱炎になっちゃうよ」

昔から優しい性格のお姉さんだったが、仕事とあってか、今日はやけに強硬だ。

それともエロ本を見て、嫌悪感を抱いているのだろうか。

タオルケットを押さえようとしたものの、ギプスと包帯を巻かれた手では掴むことができない。

「あぁっ！」

布地が剥ぎ取られた瞬間、孝太郎は自身の股間を見て仰天した。

大量の精液はすでにパジャマのズボンの前部分にまで滲みだし、大きなシミを作っていたのだ。

凄まじい精液臭があたりに立ちこめ、沙也香は呆然とした表情で立ち尽くしている。

「ご、ごめんなさい。寝ているあいだに……その……出ちゃったみたいで」

看護師なら当然男の生理ぐらいは知っているだろうが、あまりの羞恥で身体が引き裂かれそうになる。

沙也香は一転して真面目な顔つきをすると、キャリーワゴンを引き寄せ、上に置いてあったタオルを手に取った。

そのまま洗面台に歩み寄り、タオルを水で湿らせる。

(たぶん、汚れた股間を拭いてくれるんだ。あぁ、沙也香姉ちゃんに、おチンチンを見られちゃうよ)

孝太郎は顔を真っ赤にさせたが、沙也香が無口になったことが気になってしまう。ひょっとして呆れているのではないか、エッチな男の子だと思われているのではないか。

ベッド脇に戻ってきた沙也香は、やはり無表情のままぽつりと告げた。

「気にすることないわ。両手が使えないんですもの。若い患者さんを担当したとき、こういう経験は前にもあったから」

返す言葉もなく、孝太郎は母親にしかられた子供のようにシュンとするばかり。

やがて白魚のような指がズボンのウエストに添えられると、孝太郎は全身の筋肉を硬直させた。

先ほどの夢では期待感に胸を弾ませたが、現実となると、羞恥のほうが勝ってしまう。思わず腰を捩った瞬間、臀部がベッドから浮きあがり、ズボンは沙也香の手によって自然と下方に引きずり下ろされていった。

「あ、お姉ちゃん。待って！　やっぱり自然に乾くまで我慢するっ！」

「だめよ、そんなの。不潔だし、気持ち悪いでしょ？　パンツとパジャマは、私が洗濯しといてあげるから遠慮しないで」

哀願虚しく、ズボンはトランクスごと剥き下ろされ、精液まみれの萎靡したペニスがさらけ出される。

「……あぁっ」

孝太郎はあまりの恥ずかしさから、目尻に涙を溜めて咆哮した。

幼い頃から憧れていた女性に、何と情けない姿を晒しているのか。

しかも年頃の異性に初めて恥部を見せるのだから、孝太郎にとってはまさに穴があったら入りたいほどの心境だった。

（ちょっとの辛抱だ。オバさんナースに、やってもらってると思えば……）

タオルのひんやりとした感触が下腹部を覆っても、孝太郎は顔を背けたまま、唇を真一文字に結んでいた。

布地が下腹に張りついた精液を拭い取り、やがて肉筒をそっと包みこんでいく。

タオル越しとはいえ、間違いなく沙也香の手が自分のペニスに触れているのだ。

孝太郎はうっすらと目を開け、お姉さんの様子を盗み見た。

黒目がちの瞳が、自分の股間をしっかりと見据えている。

表情こそ変わらなかったが、目元が赤く染まり、緊張しているのか、心なしか首筋にうっすらと汗を掻いているようだ。

(や、やっぱりかわいいなぁ)

可憐な容貌に胸をキュンとときめかせた瞬間、股間の逸物は、まるで条件反射のようにムクムクと体積を増していった。

(や、やばい!)

堪えようにも、意に反し、大量の血液が海綿体に注ぎこまれていく。

沙也香は手を止め、ハッとしながら目を見開いた。

ペニスに付着していた精液は、ほぼ拭い取られている。剛直と化した牡茎は、その逞しさを誇示するかのように反り返っていた。

(バ、バカっ、鎮まれ!)

両目を閉じ、頭でいくら念じても、怒張が萎える気配はいっさいない。まるでその部分だけ、別の人格が備わってしまったかのようだ。

憧れのお姉さんに、欲情した姿を見せつけることになろうとは。

思春期の少年にとっては、まさに身を焦がすような羞恥だった。

「……終わったわ」

沙也香は最後に裏茎にタオルを滑らせると、呟くように言い放ち、孝太郎の股間から手を離した。

「ご、ごめんなさい。自分じゃ、どうにもならなくて」

「いいの。やっぱり、こういうケースも何度かあるから。仕方ないもんね。でも……」

沙也香はいったん言葉を句切ったあと、年上のお姉さんらしく、はっきりとした口調で言いきった。

「孝太郎君の場合は、エッチな本がいけなかったんじゃない？」

「へ？」

「あんなの見たら、よけいモヤモヤしちゃうでしょ？」

「そ、そう。変なものを持ってきた友だちが悪いんだ。お、俺も実は困ってたんです」

「じゃ、これらの本は持っていってもいいのね？」

「え？　あ、どうぞどうぞ！」

確かに所持していても、オナニーができないのだから悶々とするばかりだろう。

それでもまだ一冊も読んでいないだけに、どうしても後ろ髪を引かれてしまう。

(退院したら、家でゆっくり見ようと思ってたのに)

沙也香がベッド下からエロ本を取りだし、満足そうな笑顔を見せる。

孝太郎は引き攣った笑いで返しながらも、今にも涙がちょちょぎれそうだった。

3

病院生活というものは、ひどく退屈なものだ。

入院当初は慣れない環境に気疲れもあったが、四日目となると、見舞い客の数も少なくなり、孝太郎は早くも飽きを感じはじめていた。

一日寝ているばかりで身体を動かさないのだから、疲労感もなく、夜はなかなか寝つけない。

何と言っても、両手が使えない不自由さは想像以上だった。

食事や排泄はもちろん、本も読めなければ、音楽CDを一人で替えることもできない。孝太郎の唯一の楽しみは、テレビを観ることだけだった。

(今日は沙也香姉ちゃんも非番でいなかったし、担当してくれたのは、ずっとオバさ

ん看護師だったもんな)

深夜番組をボーッと眺めていた孝太郎は、小さな溜息をつくと、壁時計を見あげた。
時刻は深夜一時。考えてみたら、入院してから一度も病室を出ていない。
孝太郎は両腕骨折の他、子供を助けたときに右足を捻り、軽い捻挫をしていた。
足首にはまだ痛みがあるが、何とか一人で歩けそうだ。

(ちょうどおしっこもしたくなったし、病室にじっとしているのはもう限界だ)

新しく替えたパジャマのズボンは、ウエストのゴムがやや緩い。
これなら、何とか一人で下ろすことが可能なのではないか。

「やっぱり……無理かな」

一瞬ナースコールに目を向けた孝太郎だったが、昨夜の恥ずかしい場面を思いだすと気後れしてしまう。

(いつものオバさんナースは日勤だったし、今日の夜勤は誰だろう?)

昨日の今日だけに、若いナースに恥ずかしい姿を見せたくはなかったし、今の孝太郎に勃起しないという自信もなかった。

タオル越しとはいえ、沙也香にペニスを握られた感触は、いまだに下腹部に残っている。昨夜の出来事を思い浮かべただけで、再び性欲の嵐が吹き荒れてきそうだ。

（この状態だと、若いナースなら誰でも欲情しちゃうかも）

意を決した孝太郎は上体を起こし、リモコンでテレビを消したあと、横向きの体勢で床に足を下ろした。

徐々に体重をかけていくと、右足首にピリリとした疼痛が走る。

「まだ……ちょっと痛むな。でも、全然歩けないというほどじゃないぞ」

孝太郎は左足で踏ん張り、腰をベッドから浮かせた。

長いあいだ横になっていたせいか、バランス感が悪く、どうしても身体がふらついてしまう。
二、三歩進んだところで立ち止まり、孝太郎は右足の状態を再確認したあと、引き戸の取っ手を掴んでゆっくりと開け放った。
病室から首を出し、あたりの様子をキョロキョロとうかがう。

病院内はしーんと静まりかえり、薄暗い照明が床を不気味に照らしていた。

「夜の病院って、こんなに静かなんだ。何か……幽霊でも出そうだな」

目指す男子トイレは、五十メートルほど先にあるようだ。

思わず尻込みした孝太郎だったが、尿意は徐々に高まっていく。

（どうしよう、けっこう距離があるな。ええい、ままよ！）

鼻から息をぶわっと吐きだすと、孝太郎は右足をかばいながらトイレに向かった。

「大丈夫だ。それほど痛くないし、これならトイレまで辿り着けそうだ」

それでも四日間の入院生活で筋力が落ちているのか、どうにも息切れしてしまう。

孝太郎はトイレまで半分の地点まで到達すると、壁を背にし、深い吐息を放った。

「情けないな。元気だけが取り柄だったのに……」

独り言を呟いた瞬間、突然目の前の病室の扉が開けられ、一人のナースが中から出てくる。

「きゃっ！」

「……あっ」

一見すると女子中学生のように見える童顔、ナース服の胸元をドンと盛りあがらせている巨乳は、紛れもなく准看護師の栗原桃子《くりはらももこ》だった。

彼女は孝太郎よりひとつ年上のお姉さんで、患者の健康状態の確認や治療サポートなど、補佐的な業務が主な仕事だと言っていた。

本人曰く、元子ギャルらしいのだが、とてもそんな風には見えない。

桃子は沙也香とともに病室に何度か顔を出しており、同年代ということから、いつも孝太郎のことを下の名前で呼んでいた。

「びっくりしたぁ。孝太郎君、こんな所で何やってるの？」

「今日は、桃子さんが夜勤？」

「そうよ」

やはりナースコールで呼ばなくてよかった。

ホッとした孝太郎だったが、桃子は追及の手を緩めない。

「何をしてるのかって聞いてるのよ」

「え？　あ、あの……夜の散歩」

「散歩？」

いかにも、好奇心いっぱいの丸い目がくるくると動く。

桃子は出てきた病室の扉を後ろ手で閉めたあと、意味深な笑みを浮かべた。

「歩いていい、という許可が出た報告は受けてないけど？」

「それが……運動してないから、なかなか寝つけなくて。身体を少しでも疲れさせれば、気持ちよく眠れるかと思ったんだ」

言い訳を繕う最中も、尿意はますます強くなっていく。

孝太郎が無意識のうちに両膝を擦り合わせると、桃子は「ハハーン」と独りごちた。

「トイレに行きたいのね？」

「いや……その」

「沙也香先輩から聞いてるもの」

「な、何を？」

「おしっこをするときは、いつもオバさんの看護師を呼んでくれって駄々をこねるって。一人で行こうとしてたんでしょ？」

「……参ったな」

孝太郎はやや俯き、苦笑交じりに答えた。

「でも運動不足の解消を兼ねたのは本当だよ。足の痛みもかなり引いたしさ」

「だめだめっ。治りかけが一番大切なんだから。肩を貸してあげるから、病室に戻りましょ」

「……勘弁してよ。トイレまで、あとちょっとなんだからさ。ね？」

眉尻を下げて懇願すると、桃子は腰に両手をあて、小さな溜息を放つ。

「わかったわ。その代わり、トイレまで私が付き添うことが条件よ」

「え？　そんな……いいよ」

「よくないわ。このまま放っておいて、途中で倒れてごらんなさい。怪我でもしたら、私の責任になってしまうもの」

桃子の言うことはもっともだった。

彼女は一年目のナースだけに、やる気にも満ち溢れているのだろう。

孝太郎が小さく頷くと、桃子はにこやかな顔で近づいてくる。

肩を借りた瞬間、シャンプーの甘い香りが鼻孔に忍びこんだ。

(女の人って、どうしてこんなにいい匂いがするんだろう)

桃子は、ロングヘアをナースキャップの中に収めているようだ。

沙也香は艶のある黒髪だったが、栗毛色の髪も愛らしい。

股間をズキリと疼かせた孝太郎は、すぐさまよこしまな思いを押し殺し、一歩ずつ歩を進めた。

今は性欲よりも、尿意のほうが圧倒的に勝っている。

いつの間にか膀胱がパンパンに張りつめ、ちょっとの振動を受けただけでも漏らしてしまいそうだった。

「大丈夫？　もうすぐよ」

桃子の問いかけに答える気力もない。

下腹に力を込め、額から脂汗を滴らせながら、ようやくトイレに到着した孝太郎は、ホッとしながらサンダルをつっかけた。

「ありがとう。助かったよ」

「中まで連れていってあげるわ」

「え？　い、いいよ」

「だめよ。そんな手じゃ、パジャマを下ろせないでしょ？」

「そ……それは」

トイレに着いたからといって、すぐに用を足せるわけではない。

まだズボンを下ろす作業が残っているのだ。

孝太郎は苦渋の顔つきをすると、桃子の申し出にかぶりを振った。

「だ、大丈夫だから」

「そう。じゃ、自分でやってごらんなさい」

さすがの一年生ナースも、孝太郎の意固地さには閉口したようで、トイレの入り口に立ち、腕組みをしながら様子を見守っている。

孝太郎はそろりそろりと慎重に歩み、小用の便器に真向かいになると、両手をズボンのウエストに伸ばした。

（あ、あれ？）

丸みを帯びたギプスの先端は、どうしてもズボンの下をかいくぐらない。

腹をへこませても、指先は無情にも布地の上をツルツルと滑るばかりだ。

孝太郎はこめかみの血管を膨らませ、無駄な努力を繰り返した。

(や、やばい！　このままじゃ、ホントに漏れちまうっ)

尿瓶の使用でナースに陰茎を見られるより、お漏らしのほうがよっぽどカッコ悪い。

孝太郎が泣きそうな顔を見せると、背後から桃子の含み笑いの声が響き渡った。

「ほら、やっぱり無理じゃない。手伝ってあげようか？」

「くっ……！」

会陰を引き締めても、尿意は膀胱の出口を容赦なくノックしてくる。

「我慢してたら、漏らすだけでしょ？　後ろから、ズボンだけ下ろしてあげるから」

「お、お願いします」

孝太郎は、ついに白旗を上げた。

ペニスさえ見られなければ、羞恥心はほとんど感じないはずだ。

(意地を張らずに、最初からそうお願いしておけばよかったんだ)

桃子がナースシューズのまま、やや足早に歩み寄ってくる。

そして孝太郎の背後から両手を回し、ズボンのウエスト部に両指を添えた。

「じゃ、脱がすわよ」

「は、早くっ！」

唇を小刻みに震わせながら告げると、パジャマのズボンがトランクスごと引き下ろされ、縮こまったペニスがぷるんと弾けでる。

（これで、ようやくおしっこができる‼）

孝太郎が心の中で歓喜の雄叫びをあげた瞬間、ふっくらとした指がペニスの根元に巻きついた。

「あっ！　そ、そんな⁉」

「ちゃんと狙いを定めないと、便器を汚しちゃうでしょ？」

反射的にいきんだものの、我慢の限界はとうに過ぎている。

孝太郎は歯をギリギリと喰い縛ったあと、自ら全身の力を解き放った。

堪えに堪えていた小水が、ジョバジョバと激しい音を立てながら、凄まじい勢いで便器の中に放たれる。

（あぁ、何てこった。これじゃ、尿瓶のほうがましだったよ）

孝太郎は忸怩したものの、尿道口から琥珀色の液体が出ていくたびに、開放感と爽快感が身を包んでいった。

「ほら、我慢してたから、まだ終わらないわ」

およそ一分ぐらいは放出していただろうか。

排尿がようやく途切れ途切れになると、再び猛烈な羞恥が込みあげてくる。

便器を叩く小水の音がやんだとたん、桃子は背後からうれしそうに言い放った。

「全部出た？」

「は、はい」

「そう、たくさん出したね。じゃ、お水切りしないと」

言い終わるやいなや、桃子はペニスをぷるんぷるんと上下動させる。

「あっ……そ、そんな⁉」

「だって雫をちゃんと切らないと、パンツが汚れちゃうでしょ？」

泡喰った孝太郎は背筋をピンと伸ばしたが、跳ねあがるペニスの振動がやたら心地よく、自分の意思とは無関係に大量の血液が股間に集中していった。

まるで如意棒のように、陰茎がどんどん膨張していく。

「あらら、孝太郎君のおチンチン、何か変だよ。どんどん硬くなっていくみたい」

「あ、くぅぅぅっ」

雫はとうに切れているにもかかわらず、桃子はいっこうに手の動きを止めようとはしない。それどころか、さらに速めているようだ。

同時に、ふっくらとした胸の膨らみが背後からそっと押しつけられた。

（あぁっ！　ひょっとして、背中に当たっているのは、桃子さんのおっぱい⁉）

マシュマロのように柔らかい弾力感たっぷりの巨乳が、パジャマの布地を通してはっきりと伝わってくる。

肉筒に絡まるふっくらとした指、背中に感じるロリータナースの双乳。しかも直接ペニスに刺激を与えられているのだから、これで性欲が鎮まるわけもない。

孝太郎の顔はカッカッと火照り、今や牡の肉はまごうことなき怒張ぶりを存分に晒していた。

4

ギンギンに反り勃った逸物は、鉄のような棍棒と化し、やや包茎ぎみの亀頭はパンパンに張りつめている。

真っ赤に膨れた肉胴には、稲光を走らせたような静脈が無数に浮きあがっていた。

「こんなに大きくしちゃって。このままじゃ、収まりがつかないよね？」

「あ……うっ！」

「孝太郎君のおチンチン熱い。指が火傷しちゃいそう」

耳元で甘く囁かれると、背筋がゾクゾクとしてしまう。

「耳が感じるの？」

「い、いや、その……くすぐったくて」

「ふふっ、かわいい」

腰を捩らせる姿がよほど面白かったのか、桃子は耳朶を甘噛みし、今度はフッと熱い吐息を吹きかけた。

「ひゃっ！」

「やっぱり感じるんじゃない。おチンチン、パッパツにさせちゃって。いやらしい子。どうしてほしい？」

「ど、どうしてほしいって……」

股間の逸物は、完全に欲情しているのである。

十八歳の健康な男子なら、思うことは誰しも同じだろう。

柔らかい指先でペニスをしごいてほしい、できればフェラチオも体験してみたい。

そして心ゆくまで女性と交わってみたい。

だが異性との交際経験さえ一度もない孝太郎には、心の内を素直に吐露することなどできはしなかった。

眼下を見れば、牡茎には確かに桃子の細長い指先が絡みついている。

しかも背中には、ボリューム感たっぷりのバストが押しつけられているのだ。

尿意が失せたことで、初めて女の子と密着しているという感触が実感として湧きあがってきた。

(か、身体が触れているだけなのに、もう心臓が破裂しそうだよ。それに背中がやけにあったかくて気持ちいいっ)

下手をしたら、このまま射精してしまうかもしれない。

ペニスは早くもいななき、野太い血管はビクビクと脈動していた。

「その手じゃ、オナニーもできないものね。つらかったでしょ?」

「は……はい」

「私がエッチなミルク、一滴残らず搾り取ってあげようか?」

「あぁぁぁっ!」

少女のような無垢な顔をして、何て淫らなことを言うのだろう。

桃子の指がゆったりと一往復しただけで、先端の割れ口から滲みだした先走りは透明な珠を結んだ。

「おチンチン、しごいてほしい？」

ロリータナースは、どうしても孝太郎の口から懇願させたいようだ。

もちろん全身の血を煮え滾らせた童貞少年に、抗う気など微塵も残っていない。

「し、しごいて……ほしいです」

唾を飲みこみ、嗄れた声を何とか絞りだすと、桃子は吐息混じりの声で囁いた。

「そう。じゃ、たっぷりとしごいてあげる。でも、すぐにイッちゃだめだよ」

「……え？」

「私がいいって言うまで、ぎりぎりまで我慢するの。いっぺんにたくさん出さないと、またすぐに溜まっちゃうでしょ？」

ナースだけに男の生理には詳しいのだろうが、桃子は性体験がよほど豊富に思える。

すでに処女ではないのだろうし、元子ギャルという話も嘘ではなさそうだ。

年齢がひとつしか違わないだけに、ガールフレンドの一人さえできなかった孝太郎は複雑な心境を抱いたものの、昂ぶる性欲には敵わない。

桃子が舌先で耳朶をチロリと舐めあげると、孝太郎は背中に甘美な電流を走らせた。

「ふふっ。おチンチンをしごく前に、皮はちゃんと剥いておかないとね」

童顔のナースが、根元に添えていた指をゆっくりと手前に引いていく。

亀頭の半分まで被っていた包皮は、自然と雁首に向かって捲れていった。

「ほら、もうすぐ剥けそう」

「あぁっ」

包皮は、雁首付近で留まったまま。桃子は焦らすように、なかなか指に必要以上の力を込めてこない。

焦燥感が情欲に拍車をかけ、全神経が性感一色に染められていく。

孝太郎が「はぁはぁ」と荒い息継ぎをした瞬間、包皮はくるりと反転し、栗の実のような亀頭がその全貌を現した。

剥き下ろされた包皮が雁首を締めつけ、深奥部から欲望の塊が突きあげてくる。

「はぁあっ、イクっ、イキそう」

腰をぶるっと震わせた孝太郎だったが、その直後、桃子は指先で根元の部分をギュッと握りこんだ。

「だめっ！　まだ我慢するの」

行き場を失った精液は、陰嚢に向かって逆流していく。

括約筋を引き締めた孝太郎は、涙目で天井を仰いだ。

「あぁぁぁぁっ」

「私がいいって言うまで、イッちゃだめだって言ったでしょ？」

喉がカラカラに渇き、もはやいっさいの言葉が出てこない。

両肩で喘ぐばかりの孝太郎は、どんよりとした瞳を自身の下腹部に向けた。

鈴口からはすでに透明液が滴り、とろりとした糸を引いている。

孝太郎は、あまりの昂奮で立っていることさえままならなかった。

足がガクガクと震え、このまま膝から崩れ落ちてしまいそうだ。

「足が痛いの？　大丈夫？　つらいなら、やめようか？」

桃子が、悪戯っぽい笑みを浮かべているのがよくわかる。

何と意地悪なことを言うのだろう。

この状況でやめられたら、まさに蛇の生殺しだ。

「……や、やめないで」

目尻に涙を溜めながら哀願すると、桃子は含み笑いを洩らし、左手をパジャマの上着の中に滑りこませてきた。

腹部に手を添え、孝太郎の身体を支えようというのだろう。

すべすべとした手のひらが下腹を捉えた瞬間、桃子は背後から自身の身体をさらに押しつけてきた。

小玉スイカを二つ合わせたような乳丘が、ムニュッとした感触とともに、背中全体に広がっていく。

（あぁ、何て大きなおっぱいなんだ。できれば、じかに拝んでみたいよっ）

桃子の補助で、何とか身体のバランスを保った孝太郎は、唇を引き結びながら再び下腹部を見下ろした。

彼女の言うとおり、確かに我慢を重ねてから放出したほうが快楽度はより高い。

その事実を自慰行為で経験していた孝太郎は、両足をやや広げ、丹田に力を込めた。

「いい？　それじゃおチンチン、いっぱいしごいてあげる」

桃子は艶っぽい声で言い放つと、満を持して指のピストンを開始する。

「は、くぅぅっ！」

異性から受ける手淫は、童貞少年の想像を遥かに凌駕するものだった。

ふっくらとした指先が汗ばんだペニスにぴったりと張りつき、強くもなく弱くもなく、適度な握り具合で肉幹をスライドさせているのだ。

（き、気持ちいい。おチンチンが蕩けちゃいそうだよ）

孝太郎は奥歯を噛みしめ、必死の形相で射精を堪えた。

「ふふっ。孝太郎君のおチンチン、涙を流して喜んでる」

桃子の言葉に、口元を歪めながら股間を見下ろすと、天に向かってそそり勃つ怒張は限界点まで膨張し、先割れからはカウパー氏腺液が源泉のように噴きだしている。

やがて粘着質な淫液は胴体にまで滴り落ち、桃子のしなやかな指の隙間へと浸透していった。

リズミカルな抽送が繰り返されるたびに、クチュンクチュンという猥音が高らかに鳴り響き、なめらかな感触が陰茎全体に拡散していく。

先走りが潤滑油の役目を果たしているのだろう、下腹部に甘ったるい感覚が広がり、射精感は一気に頂点に向かって急カーブを描いていった。

「どう？　気持ちいい？」

「き、気持ち、いいれす」

舌がもつれ、言葉がうまく出てこない。

虚ろな視線が宙を舞い、孝太郎の顔は、まさに恍惚の世界をさまよっているような表情だった。

「まだ我慢できそう？」

「だ……だめっ。もうイキそう……です」

「そう言われると、もっと我慢させたくなっちゃうのよね」

桃子は孝太郎の肩越しから覗きこみ、放出の瞬間を推し量っているようだ。

「もっと我慢できるでしょ？」

自制を促してくるも、指の動きは緩まず、さらに熾烈さを増していく。

今やロリータナースの手コキは、ペニスを嬲り倒すような動きに変わっていた。

「は、はぁぁぁっ！」

腰部に生じた滾る欲情はぐんぐんと膨らみ、破裂寸前まで追いこまれている。

孝太郎は両足で踏ん張ったものの、足元から浮遊していくような快楽をこれ以上抗うことはとてもできそうになかった。

「あ……あ。イキそう」

「もうイキそうなの？　仕方ないわね。その代わり、いっぱい出さなきゃだめよ」

桃子はようやく発射の許可を告げると、右手の動きに不規則な変化をつけた。

手のひらで雁首ごと亀頭を包みこむやいなや、ぐりぐりと回転させるように揉みこみ、はたまた手首を返しては逆手で肉胴をきりもみ状に搾りあげる。

孝太郎は大口を開け、地を這うようなうなり声を放った。

「あ、くぅぅぅっ。そ、そんなことしたら！」

「いいわよ、イッて。孝太郎君がエッチなミルク出すとこ、全部見ててあげるから」

射精願望は、もはやデッドラインを通り越している。

ペニスは鈴口から溢れでた先走りの液にまみれ、まるでローションを塗りたくったかのようだ。

再び直線的なスライドに移った桃子の指が、肉胴の表面をこれでもかと何度も擦りあげた。

「あ……あ……あ」

「ふふっ、ビクビクしてる。イキそうなのね？　どこが気持ちいい？」

「お、おチンチン」

「おチンチンのどこ？」

「さ……先っぽ」

「ここっ⁉」

親指が鈴割れを掃き撫で、残りの指が巻きつくように雁首をなぞりあげる。

次の瞬間、孝太郎の頭の中で熱の塊が癇癪玉のように爆ぜた。

「あぁ、イクっ！　イクぅぅぅぅぅうっ‼」

腰を大きくひくつかせた直後、尿道口がぶわっと膨らみ、灼熱の溶岩流が小水のように放たれていく。

それは胸のあたりまで跳ねあがり、放物線を描きながら便器の中へと落ちていった。

堪えに堪えた欲望の射出は、一度きりでは終わらない。

二発、三発と勢い衰えず、天高く打ち上げ花火のように宙を舞った。

「あらら、すごいわぁ。よっぽど溜まってたのね」

桃子は感嘆の溜息を放ったあと、手の動きを止めずに、根元から亀頭までまんべんなく指で肉筒を搾りあげる。

そのたびにペニスはビクビクと脈動し、白濁のエキスを何度も噴きあげさせた。

ようやく放出の勢いが衰えはじめても、筋肉が石のように硬直し、身体をまったく動かせない。

頭の芯には陶酔のうねりがいまだに打ち寄せ、脳髄を溶解させているようだった。

「ふふっ、全部出た？」

桃子は呆れ声で言いながらも、根元から皮を鞣すようにペニスをゆっくりとしごきあげていく。

尿管内の残滓が跳ねあがる様を見届けることもできずに、孝太郎は直立不動の体勢のまま半ば失神状態に陥っていた。

第二章　優等生ナースとの初体験

1

桃子のおかげで、孝太郎は入院以来、初めてすっきりとした顔つきで朝を迎えた。

運動不足で重たかった身体が、今日は羽が生えたように軽い。

元子ギャルナースの手淫は、童貞少年に凄まじい昂奮と快楽を与えた。

手だけで、あれだけの恍惚を覚えたのである。

フェラチオやセックスなら、どれほどの感動を受けるのだろう。

いや、相手が桃子ではなく沙也香だったら……。

その光景を想像しただけで、股間の逸物は再び熱い疼きを訴えた。

(やんなっちゃうな。昨日あれだけ出したのに。でも……退屈な病院生活も、こんなおいしい思いができるなら楽しいかも)

現金にもそう考えた孝太郎だったが、やはり沙也香のことが気になってしまう。

優美なお姉さんの面影は頭の中から片時も離れず、童貞少年は紛れもなく彼女に恋い焦がれているといっても過言ではなかった。

（沙也香姉ちゃん、俺のことをどう思ってるんだろう。やっぱり、弟のようにしか考えていないのかな）

沙也香ほどの愛くるしい女性なら、交際している男がいても不思議ではない。おそらく、これまでにもアタックしてきた輩は大勢いたはずだ。

孝太郎は来年就職するつもりでいたが、今の時点で、高校生と社会人では釣り合いがとれるとはどうしても思えなかった。

（もし、姉ちゃんのつき合ってる相手が医者だったら……とても敵わないよな）

一転して気分を鬱にさせた直後、扉がノックされ、引き戸がスッと開けられる。

「……あっ」

姿を現したのは沙也香と、孝太郎の手術をしてくれた女医の高木玲子《たかぎれいこ》だった。

玲子は両手を白衣のポケットに突っこみ、沙也香はカルテを挟んだバインダーを手にしている。一昨日の夢精を思いだした孝太郎は、気まずそうに頬を赤らめた。

「おはよう」

「お、おはようございます」

「どう、腕の調子は。痛む？」

「いえ、大丈夫です」

沙也香は何事もなかったかのように、いつもと同じ表情をしていたが、恥ずかしくてどうにも顔が見られない。

孝太郎は自然と、質問を投げかけてきた玲子を注視した。

目鼻立ちのはっきりとした、彫りの深い美貌が瞳に飛びこんでくる。

細い弧を描く眉、流線型のメガネが知的でクールな印象を与えていたが、ふっくらとした唇とインナーの胸元を膨らませている豊かなバストが凄まじいセックスアピールを感じさせた。

(あ、相変わらず、色っぽくてグラマーな先生だな)

沙也香から聞いた話によると、玲子は三十二歳、一度離婚歴があるようだ。

外科医としての腕も確かで、患者からの評判もすこぶるいいらしい。

背が高く、黒いタイトスカートがよく似合う、女王様タイプの大人の女性だった。

「足のほうは?」

「痛みは、だいぶなくなりました」

「ちょっと診てみましょう。タオルケットを捲るわね」

布地が捲られ、玲子が足側に移動する。そして包帯を解き、湿布薬を取り除くと、足首にやたらひんやりとした手を添えてきた。

「腫れは引いているようね。ちょっと動かしてみるから、痛かったら言ってね」

玲子はやや前屈みになり、孝太郎の右かかとに手のひらをあて、足首をゆっくりと回していった。

インナーは胸元がやや開いているため、胸の谷間がはっきりと覗き見える。

(れ、玲子先生のおっぱいも、桃子さんに負けないぐらいすごい!)

背中に押しつけられた桃子の巨乳の感触を思いだした孝太郎は、すかさず脳裏に淫らな妄想を描いた。

(大人の女の人のおっぱいは、どんな感じなんだろう。やっぱり若い女の子よりも柔らかくてふっくらしているのかな。玲子先生だったら、パイズリぐらいしてくれても不思議じゃないぞ)

かつては人妻だっただけに、エッチの経験も桁違いに豊富だろう。

ハンドボールを二つ仕込ませたような乳丘に、ぎらつく視線を注いでいた孝太郎は、無意識のうちにペニスへ熱い血流を漲らせていった。

股間がムクムクと膨らみはじめ、またもや堪えきれない情欲が込みあげてくる。

パジャマの股間は、あっという間に三角の頂を描いていった。

（パイズリばかりじゃない。フェラチオだって、きっとものすごい……!?）

にやついていた孝太郎の第六感に、殺気の気配が伝わってくる。

ハッとして顔を横に向けると、玲子の真横に立っていた沙也香が唇を引き結び、厳しい視線を注いでいた。

（あっ、いけね。おチンチンが……）

どうやら欲情している姿を、憧憬のお姉さんに気取られてしまったようだ。

気恥ずかしさから目線を逸らし、ギプス越しの両手で股間をそっと覆い隠す。

「どう？　痛くない？」

「あ、は、はい。ちょっとピリッとくるときはありますけど」

「そう、完治まで、もう少しかかりそうね」

「……そうですか」

寝ているばかりでは、気が滅入ってしまう。

孝太郎は渋い表情をすると、上体を起こした玲子に質問を投げかけた。

「入院の期間は、どれくらいになるでしょうか？」

「経過をみてからじゃないと何とも言えないけど、単純骨折だし、あと二週間ぐらいかな」

「早くなる場合もあるわけですね？」

「もちろんよ。でもギプスを取るには、それから一ヶ月ぐらいはかかるわよ。通院してもらって、こちらも経過をみてからの判断ということになるわね」

玲子の言葉を聞いた孝太郎は、がっくりと肩を落とした。

つまり高校生活最後の夏休みは、丸つぶれということになる。

思い出作りに様々な予定を計画していたものの、すべてがキャンセルという悲しい事実に、深い溜息が洩れてしまう。

「ふふっ、そんなに悲観することはないんじゃない？」

「え？」

顔を上げると、玲子が意味深な笑みを浮かべている。

孝太郎は、怪訝な顔つきで問いかけた。

「ど、どういうことですか？」

「院内のナースたちは、寄ればあなたの噂話ばかりしてるわよ。病院生活は退屈で地獄だったなんて言う人もいるけど、つまりあなたの場合は、悪いことばかりじゃないってこと」

やはり子供を助けたことが、いまだに好印象を与えているのだろうか。

沙也香をちらりと見遣ると、彼女は我関せずとばかり、カルテにペンを走らせている。

孝太郎の視線の先に気づいたのか、玲子は含み笑いを洩らしながら言い放った。

「うちの病院は、かわいいナースたちが揃ってるものね。あなたも、気になる子がいるんじゃない？」

「そ……そんな」

図星を突かれ、顔がカッと熱くなってしまう。

孝太郎が目を伏せると、美人医師は身体の調子を立て続けに聞いてきた。

「他に具合の悪いところはない？　食欲がないとか、よく眠れないとか」

「いえ、取り立ててないです」

しいてあげれば、一番難儀なのは自由にオナニーできないことなのだが、もちろんそんなことは口が裂けても言えない。

腰をもぞりと動かすと、玲子は孝太郎の不自然な格好に気づいたようだ。

「どうしたの？　変なところに手をあてて」

「え？　あ、あの……」

ペニスは萎靡しかけていたものの、勃起したときにあらぬ方向に突っ張った牡茎は、いまだパジャマの布地をこんもりと盛りあがらせている。

孝太郎が赤面すると、玲子はしたり顔で小さく頷いた。

「ふうん、そういうこと。それが一番つらいのね」

さすがは人生経験豊富な大人の女性だけに、男の生理もよく理解しているようだ。

再び沙也香に目を向けると、彼女は一昨日の出来事を思いだしたのか、初めて目元を赤く染めた。

「あなたの年頃なら無理もないわ。精子を作りだす機能が活発なんだもの」

入院生活三日目での夢精に、孝太郎がバツの悪そうな顔をすると、玲子は突然話題を変えた。

「ところで、お風呂に入りたいでしょ？」

「えっ!? 入りたい、入りたいです！」

身体は毎日濡れタオルで拭かれていたが、真夏だけにすぐに汗ばんでしまう。やはりシャワーのお湯を全身に浴び、できれば湯船にも浸かりたい。

一度も洗っていない髪の毛も洗髪したかった。

「入浴時間は三十分よ。夕食が終わった頃でどうかしら？ お風呂はまだ無理だろうから、シャワーだけになるけど」

「け、けっこうです！」

「篠崎さん、予約のほう頼むわね」

「はい」

「それじゃ、孝太郎君。また様子を見にくるわ」

「ありがとうございます」

破顔一笑で答えた孝太郎に、玲子は笑みを返しながら顔を耳元に近づけてくる。

そして、甘く囁くように呟いた。

「担当のほうには、ちゃんと話しておくから」

「は？　は、はい」

グラマー医師はそれ以上何も言わず、出口に向かって大股で歩いていく。

（ちゃんと話しておくって、いったい何のことだろう？　やけに持って回った言い方だったけど……）

玲子が病室から出ていく姿を、孝太郎はそれほど深く考えずに見送った。

沙也香が、タオルケットを身体にそっとかけてくる。

「孝太郎君……お大事に」

「あ、沙也香姉ちゃん。ありがとう」

優美なお姉さんの言葉には、なぜか張りがなく、顔色もいつになく冴えなかった。

2

その日の夕食後、孝太郎はオバさん看護師の助けを借り、パジャマからガウンに着替えたあと、ベッドから下り立った。

ガウンは、サウナで着るような薄い布地のものだ。

「パンツは、穿かなくてもいいわね。すぐに脱ぐんだから」

「そうですね」

オバさん看護師が腰の紐を結んでくれているあいだ、孝太郎は窓から、病院に隣接している看護師寮を見つめた。

沙也香は日勤の仕事を終え、すでに帰宅の途へと就いているはずだ。

(明かりがついてる。やっぱり帰ってるんだ)

女子寮は、病室の窓から見えない位置に建てられていたが、二階の一番角にある孝太郎の個室からだけは寮の一部が覗き見えた。

一階に住む沙也香の部屋は、カーテンがぴっちりと閉められている。

（それにしても、今日の沙也香姉ちゃん。あまり元気がなかったな）

やはり一昨日の情けない姿を晒したことを、まだ怒っているのだろうか。

「じゃ、行きましょうか。一人で歩ける？」

「はい、大丈夫です」

孝太郎はいったん思考を中断し、オバさん看護師の案内のもと、浴室に向かった。

シャワーだけとはいえ、久方ぶりの入浴に心がウキウキしてくる。

浴室は同じ階の反対側にあり、それほど歩かずに到着した。

オバさん看護師が扉を開け、中へと促す。脱衣場に足を踏み入れた瞬間、一人のナースの姿を捉えた孝太郎は、すぐさま緊張の面持ちに変わった。

（この人……どこかで。あっ、そうだ！　入院初日に病室の花瓶を替えに来たナースだ。確か、富永麻衣《とみながまい》って言ってたような）

胸のネームプレートには、『富永』の苗字が印刷されている。

孝太郎が頭をペコリと下げると、ショートヘアのナースは白い歯を見せた。

清潔感いっぱいの黒髪、抜けるような白い肌、すらりとした体型。

外見はいかにも真面目な優等生タイプという雰囲気だったが、決して堅苦しさは受けない。笑うと目が細くなり、それが愛嬌を感じさせるのか、何でも許してくれそうな優しいお姉さんという印象だった。

「それじゃ、あとはよろしく頼むわね。私はこれであがるから」

「はい、わかりました。お疲れ様です」

オバさん看護師は麻衣にひと言告げたあと、脱衣場から出て浴室の扉を閉める。

孝太郎ははにかみながら、目の前に佇む麻衣をじっと注視した。

(この人が、入浴の世話を……してくれるのか)

癒しという点では沙也香と似たタイプなのかもしれないが、穏やかな笑顔を見ていると、麻衣のほうがくだけているように思える。

(若く見えるけど、いくつぐらいなんだろう？　人当たりも良さそうだし、もしかすると、けっこう大人の女の人かもしれないぞ)

すでに彼女は入浴介護の準備を整えていたのか、ナースキャップを取り外し、パンストも脱いで生足を露わにしていた。

すらりとした長い足を見ているだけで、またもや股間が反応してしまいそうだ。

「孝太郎君、こんばんは。私のこと覚えてる？」

「え、ええ。覚えてます。富永麻衣さんですよね？」

「あっ、覚えててくれた。うれしいわ。今日は私が入浴のお手伝いをするから、よろ

「よ、よろしくお願いします」

麻衣は鈴を転がしたような声で喜びを表現すると、ゆっくりと近づいてくる。そして微笑を浮かべたまま、白魚のような指を伸ばしてきた。

「じゃ、ガウンを脱がせますね」

腰紐が解かれ、そのまま背後に回った麻衣がガウンを肩口から抜き取っていく。

(裸を見せなきゃならないなんて、やっぱり恥ずかしいな)

孝太郎は全裸になると、すかさず両手で股間を覆い隠した。

「ちょっと待ってね。手が濡れないように、ビニールで保護するから」

麻衣が棚に置いてあったビニール袋とゴム輪を手に取り、前面に回りこんでくる。

「じゃ、右手のほうを上げてくれる?」

目の前で腰を落とされると、孝太郎は口元をひくつかせた。

(み、見えないだろうな)

左手で股間を隠し、右手を恐るおそる上げていく。

麻衣は平然とした顔つき、慣れた手つきでギプスにビニール袋を被せ、腕にゴム輪を通していった。

（なるほど。これなら水を被っても濡れないわけだ。それにしても……かわいいな）

玲子の言っていたとおり、聖邦総合病院は美人ナースが多いようだ。

孝太郎の中で、沙也香のナンバーワンは揺るぎなかったが、ナンバーツーは果たして麻衣か桃子か、いくら考えても答えは出そうになかった。

「ゴム、きつくない？」

「大丈夫です」

「じゃ、左手ね」

今度は右手で股間を覆いつつ、左手を慎重に上げていく。

同様の手順を踏み、両腕のギプスの部分がビニール袋ですっぽりとくるまれる。

「これで気兼ねなく、さっぱりと汗を流せるわよ」

「頭も洗ってもらえるんですよね？」

「もちろんよ」

麻衣はすっくと立ちあがると、スポンジとタオルを手に、孝太郎の腕を取りながらバスルームに歩んでいった。

五日ぶりの入浴に、気持ちが急いてしまう。

身体を洗うことはもちろん、洗髪できることが何よりうれしかった。

（どんな風呂場なんだろう。銭湯みたいに広いのかな？）

期待感に満ちた顔つきをした孝太郎だったが、扉が開かれた瞬間、すぐさま失望へと変わった。

浴室はおよそ八畳ほどあったが、思っていた以上に狭く、民宿の浴場並みの広さだ。

浴槽は古いステンレス製で、床のタイルも隅のほうが黒ずんでいる。

清掃は行き届いているのだろうが、下手をしたら昔の家族風呂のようだった。

「滑らないように、気をつけてね」

仕方ないと思いながら、孝太郎は浴室内に足を踏み入れた。

（とにかく身体を洗えるだけでも、ありがたいと思わなきゃ）

麻衣は扉脇の取っ手にバスタオルをかけ、孝太郎をプラスチック製の椅子に促す。

そしてシャワーヘッドを手に取ると、お湯と水の栓を交互に捻った。

手のひらで温度を確かめたあと、温かいお湯が肩口からそっと注がれる。

「お湯加減はどう？」

「ちょうどいいです」

やや熱めの湯が肌の表面を流れ落ち、皮膚がピリピリとひりつく。麻衣が身体全体にシャワーのお湯をかけ流していくと、孝太郎はホッと小さな溜息を放った。

「あぁ、気持ちいい」

「ふふっ、気持ちいいでしょ。今日は、頭のほうから先に洗いましょう」

「は、はい」

「痒いところがあったら言ってね」

麻衣は髪の毛にまんべんなく湯を馴染ませたあと、いったんシャワーヘッドをフックにかけ、シャンプー液を孝太郎の頭になすりつけた。

両指でガシガシと頭皮を揉まれると、快感にも似た感覚が込みあげてくる。

髪の毛を洗髪しているだけで、心が洗われていくようだ。

孝太郎は、うっとりとした顔つきをしながら口を開いた。

「麻衣さんは、おいくつなんですか？　結婚はしてるんですか？」

「あら？　女性に、歳なんて聞くもんじゃないわよ」

「す、すみません」

「ふふっ、いいの。二十六歳、独身よ」

二十六ということは、沙也香よりも四つ年上ということになる。

(やっぱり、どことなく沙也香姉ちゃんのほうが幼い感じはするもんな。二十代後半になれば、麻衣さんのように大人っぽくなるんだろうか)

孝太郎は、心に抱いたもうひとつの疑問を何気なく尋ねた。

「麻衣さんは、外科勤務じゃないですよね？　内科ですか？　それとも神経科？」

「泌尿器科よ」

「え？」

(泌尿器科って言ったら、シモ関係のほうだよな)

頭の中に、玲子の放った言葉が甦ってくる。

(担当にちゃんと話しておくって、ひょっとして……エッチなことじゃ。あっ！　もしかすると沙也香姉ちゃん、玲子先生の言ったことが聞こえたのかも⁉)

難解なパズルが解けたように、孝太郎は頭を閃かせた。

(沙也香姉ちゃんは麻衣さんが何をするか知っていて、それで突然機嫌が悪くなったんじゃ。そうだ、きっとそうだ！)

身体を洗ってもらうとき、麻衣は陰部に対してどんな対応をするのだろう。

最初は湯をかけるだけだと考えていた孝太郎だったが、童貞少年の妄想は一度走り出したら止まらない。

両足のあいだに垂れていたペニスは、ぐんぐんと鎌首をもたげ、天に向かって隆々と聳え立っていった。

（や、やばい！　また勃ってきちゃった）

シャンプーを洗い流している最中も、怒張の高まりは、いっこうに怯む気配を見せない。

孝太郎は身を屈め、勃起を両手で隠すことに必死だった。

「さあ、じゃ身体を洗いましょうね」

麻衣は少年の欲情を知ってか知らずか、石けんを手に取り、スポンジを泡立てていく。そしてタイルに跪き、背中にスポンジを滑らせていった。

このあと、麻衣は間違いなく前面部を洗ってくるだろう。

（落ち着け。落ち着くんだ）

自制を試みても、肌に触れる美人ナースの手と柔らかいスポンジの感触が心地よく、剛直は少しの萎靡も見せない。やがて背中と首筋、そして臀部を洗い終えた麻衣は、当然のことのように言い放った。

「前を向いてくれる？」

「あ……いいです」

「何言ってるの。ちゃんと洗わなきゃ、汚いでしょ？」

「で、でも……」

「恥ずかしいのはわかるけど、男の子なんだから覚悟を決めて。それにね……」

麻衣はいったん言葉を句切ると、孝太郎の耳元に唇を寄せ、吐息混じりの言葉を投げかけた。

「話は、玲子先生から聞いてるの」

「え⁉」

「私が、手でして……あ・げ・る」

(やっぱり!)

思わずバンザイしたい気持ちだったが、沙也香の不機嫌な表情を思いだすと手放しには喜べない。

「もちろん、そんなに嫌なら断ってもいいんだけど……」

性欲旺盛な少年にとっては、何とも厳しい選択だ。

下腹部を見下ろすと、ペニスは一刻も早い射精を訴えるかのように、ビクビクと頭を振っている。

(手でしてくれると言っても、あそこを洗うのと同じことだもんな)

悪魔の囁きに打ち負けた孝太郎は、股間を両手で隠しながら身体を反転させた。

「よ、よろしくお願いします」

「ふふっ。孝太郎君って、ホントに真面目なのね。かわいいわ。じゃ、手を離して」

股間からゆっくり手を外していくと、剛直が麻衣の顔を突き刺すように弾けでる。

沙也香、桃子に続き、これで勃起を異性に晒すのは三人目だ。

(あぁ、恥ずかしい！)

孝太郎が下唇を噛みしめると、麻衣は微笑を湛えたまま、手のひらに石けんを泡立てていった。

3

スポンジを使うのかと思ったが、どうやら麻衣は最初から素手で洗ってくれるようだ。

昂奮のボルテージは、いやが上にも上昇していった。

「じゃ、洗うね」

麻衣がニッコリと笑い、両手を勃起に伸ばしてくる。

「うっ！」

ほっそりとした指が肉幹に絡みついただけで、孝太郎は腰を激しくわななかせた。

石けんの泡が潤滑油の役目を果たしているのか、指が肉胴の表面をなめらかに擦りあげる。

麻衣は根元から亀頭の先端まで泡を塗りたくると、揉みこむようにゆっくりと指を上下動させていった。

(な、何だよ、これ。気持ちよすぎるぅ！)

桃子の手コキも多大な快楽を与えたが、麻衣の手淫はレベルが違うように思える。

ゆったりとした動きなのに、深奥部で巨大な快楽が渦巻いているかのようだ。

孝太郎は口を半開きにしながら、美人ナースの容貌を見つめた。

麻衣は口角をやや上げ、上目遣いで童貞少年の様子をうかがっている。

余裕綽々の態度は、さすがに年上のお姉さんという感じだったが、一見真面目そうな優等生タイプの風貌だけに、そのギャップが強い刺激を与えてくるのかもしれない。

孝太郎が息づかいを荒らげていくと、身体に快感の第二波が走り抜けていった。

麻衣は右指で肉胴をしごきながら、左手のひらで陰嚢を転がしはじめたのである。

「あ、くぅぅっ」

ペニス全体がじーんと疼き、下腹部にふわふわとした浮遊感が込みあげてくる。

思わず前屈みになった孝太郎だったが、麻衣がさらに会陰から肛門に指を伸ばしてくると、さらに上体を折り曲げた。

「そ、そんな⁉」

「あら？　ここも、ちゃんと清潔にしとかないとだめでしょ」

菊襞を捉えた中指が円を描くように動き、知覚神経をこれでもかと刺激していく。

そのあいだも、麻衣は右指で雁首を擦りあげるようにスライドさせているのだから、射精感はうなぎのぼりに高まるばかりだった。

（あ、あ……勘弁して。もうイッちゃうよ）

孝太郎が唇の端をピクリと震わせた瞬間、ようやく麻衣の指が肛門から離れる。ホッと安堵の溜息を放ったのも束の間、再びペニスと睾丸のダブル責めが再開された。

「あ、はぁ、はぁ」

今度は喉仏を晒し、双眸を閉じながら天井を仰いでしまう。

クチュクチュと、泡が奏でる摩擦音が何ともいやらしい。

肉眼では捉えられなかったが、先端からは先走りの汁が溢れていることだろう。

麻衣はこういった奉仕に何度も経験があるのか、抜群のタイミングでスピードの強弱をつけていった。

射精間近を迎えると、指の動きをいったん止め、しばしのインターバルを与えたあと、再びリズミカルに牡肉をしごきあげるのだ。

まさに寸止めと言わんばかりの抽送は、孝太郎の理性を粉々に打ち砕いていった。

一刻も早く射精したい、大量の精液を放出したいという本能だけに衝き動かされる。

「ああ、も、もう！」

孝太郎は腰を女の子のようにくねらせながら、泣き顔で咆哮していた。

麻衣はそんな少年の表情を、さも楽しそうに見つめている。

「もう何？」

「イ、イキそうです」

「そう、イキそうなの」

美人ナースははっきりとした口調で告げると、両指を怒濤のようにピストンさせた。

「ぐっ、あぁぁぁぁっ」

泡まみれになったペニスが激しくいななき、堪えきれない淫情が突きあげてくる。

「イ……イクっ」

孝太郎が虚ろな瞳を宙にさまよわせた瞬間、麻衣はまたもや手の動きを止めた。

「あぁぁぁぁっ」

輸精管をひた走っていた欲望の証が、副睾丸へと逆流していく。

行き場を失ったやるせない思いに、孝太郎は身を捩りながら呻いた。

「これできれいになったわ」

「……え？」

ぽかんとする孝太郎を尻目に、麻衣はシャワーヘッドを手にし、股間に湯を浴びせかけてくる。性器を覆っていた泡は、みるみるうちに股間から洗い落とされていった。

（ま、まさかこれで……終わりじゃ）

よくよく考えてみれば、麻衣は「手でしてあげる」と言ってはいたが、「射精させてあげる」とまでは口にしていない。

血気盛んな少年にとって、これで入浴終了ではあんまりというものだ。

勃起はいまだ萎えず、槍のように天を突き刺している。

孝太郎が恨めしそうな視線を送ると、麻衣はシャワーヘッドとスポンジを桶の中に入れながら口を開いた。

「孝太郎君、立って」

「え？　このまま立つんですか？」

「そう。前は隠しちゃだめよ」

股ぐらのほうに付着した泡を、洗い落とすつもりなのかもしれない。

直立不動の体勢をとれば、今度は美人ナースの眼前に勃起を晒すことになる。

(は、恥ずかしいな)

孝太郎がややためらいがちに椅子から立ちあがると、麻衣は初めて頬をポッと赤らめた。

「ふだんは、こんなこと絶対にしないのよ」

「……は、はぁ」

素手で股間を洗ったことを言っているのだろうか。

孝太郎が相づちを打つように答えると、麻衣はやや潤んだ瞳を向けてきた。

「でも孝太郎君はかわいいから、特別なんだからね」

言い終わるやいなや、美人ナースは唇を窄め、真上から大量の唾液を滴らせてくる。

(え?)

目を剥きながら見下ろすと、肉棒は瞬く間に透明な粘液でコーティングされていった。

とろりとした唾液が、亀頭から根元に滴り落ちてくる。

(ま、まさか……お口で)

孝太郎が期待感に身を打ち震えさせた瞬間、麻衣は唇の隙間から赤い舌を突きだし、裏茎から雁首にかけてツツッとなぞりあげていった。

「あ……あ」

ピリリとした性電流が肉茎を駆け抜け、太い血管がドクンと脈打つ。

麻衣は手淫のときと同じように、やや上目遣いで孝太郎を見あげていたが、やがて双眸を閉じると、真上から男根をがっぽりと咥えこんでいった。

(あ、ひゃあぁっ!)

ペニスが生温かい口腔粘膜に包まれ、ヌルッとした唾液がまとわりついてくる。

薄くもなく厚くもない桃色の唇が、牡の肉を挟みこむ光景の何と淫猥なことだろう。

これまで何度も夢に描いてきたフェラチオを、今自分が体験しているのだ。

孝太郎は眼下に広がる淫景を、信じられないといった顔つきで見下ろしていた。

ねっとりとした舌がくねり、蛇のように肉胴に絡みついてくる。

口の中の一番柔らかい粘膜が、亀頭の表面を微妙なタッチで撫であげる。

「く、くぅぅぅっ」

異性から受ける初めての口淫奉仕は、孝太郎に想像以上の快楽を与えていた。

ペニスを源泉に浸らせたような心地よさは、明らかに手コキとは次元が違う。

麻衣は亀頭を甘噛みし、クチュクチュと舌で転がすように揉みこんだあと、頬を窄め、剛直をズズッと喉奥まで呑みこんでいった。

（あぁ、おチンチンが全部入っちゃう⁉）

長大な肉の塊は、今やその根元まで口中に隠れている。

ディープスロートの知識はもちろんあったが、女性の口の中はいったいどうなっているのか、まるで手品を見ているようだ。

麻衣はやや眉根を寄せ、再び肉棒を唇の隙間から抜き取っていく。

大量の唾液をまとった肉胴は妖しく濡れ光り、蛍光灯の明かりを反射してテラテラと輝いていた。

「孝太郎君の、おっきい」

麻衣はしっとりと潤んだ瞳で告げたあと、ペニスの頭をくるくると回しながら、アイスキャンディーを舐めるように舌を徘徊させる。そして口を開け、再び怒張を口中に引きこんでいった。

「はぁぁぁぁっ」

「んっ……ンっ……ンっ」

麻衣は鼻からくぐもった声を発し、ゆったりとしたスピードから、徐々に顔の打ち振りを速めていく。

そのあいだも舌を小刻みに振動させ、裏茎を刺激してくるのだからたまらない。

巧緻を極めたテクニックは、童貞少年がとても我慢できるような代物ではなかった。

(すごい、すごいよ！　これがフェラチオ⁉　おチンチンが蕩けそうだ)

口淫奉仕が、これほどの肉悦を促すのである。

セックスなら、どれほどの快楽を与えてくるのだろう。

麻衣の口戯は、いつの間にか直線的な運動にきりもみ状の回転がくわわっていた。

顔を左右に揺らしながら、唇と舌、そして上顎と下顎を目いっぱい使い、男根を舐り倒してくる。

顔がスライドするたびに、ジュップジュップと響き渡る音がいやらしい。

(あ、あぁ。こんなの……我慢できないよぉ)

孝太郎は瞼の縁に涙を溜めながら、奥歯をガチガチ鳴らし、肛門を何度もひくつかせていた。

雄々しい波動が身体を貫き、射精欲求が怒濤のように荒れ狂う。

奉仕が始まってから、まだ五分も経過していないのである。

射精を少しでも先送りし、何とか男の面子を保ちたいのだが、麻衣の抽送は童貞少年のちっぽけなプライドなど根こそぎなぎ倒すような凄まじさだった。

美人ナースが頬をぺこんとへこませ、ペニスをこれでもかと吸引してくる。真空状態と化した口腔で肉筒が引き絞られた瞬間、孝太郎は全身の筋肉を強ばらせた。

「あ、あ……だめっ……イッちゃう」

ストローでコークを啜りあげるように、深奥部に溜まった精液が吸いあげられる。

孝太郎が背筋をピンと張らせると、麻衣はジュパッという音とともにペニスを口から抜き取った。

口唇の端から粘った唾液が溢れ落ち、亀頭とのあいだに透明な糸を引く。

麻衣は右手で粘液を怒張に絡めながら、猛烈な勢いでしごきたてた。

「イキそう？　イッてもいいのよ」

「は、はひぃぃっ！」

言われなくても、これ以上の自制などとてもできるわけがない。

それでも麻衣が亀頭に顔を近づけてくると、孝太郎は一瞬ためらった。

射出口から彼女の鼻先まで、わずか数センチしか離れていない。

このままでは、間違いなく美人ナースの顔を穢してしまうだろう。

年上のお姉さんなら、そんなことは十分承知しているはずなのだが、麻衣は手コキを繰り返しながら、唇をペニスの先端に押しつけてくる。そして舌先で張りつめた亀頭を舐めまわし、さらには割れ口をチロチロと掃き嬲った。

青白い閃光が目の前で弾け、脊髄に熱い火柱が駆け抜けていく。

「あ、イクっ……イクっ」

孝太郎は腰を跳ねあげさせ、夥しい量の精液を鈴口から打ち放っていった。

「あンっ！」

男根が唇に密着していたため、液玉の散弾は凄まじい勢いで麻衣の鼻先を掠め、前髪にべったりと張りつく。それでも右手の抽送を止めないのだから、孝太郎は腰を何度もひくつかせ、そのたびに白濁の塊を立て続けに放出していった。

「ぐっ、ぐぅぅぅぅうっ！」

あまりの大量射精で、腰の奥に鈍痛が走る。

およそ十回近くは脈動しただろうか。

孝太郎がうっすらと目を開けると、麻衣の顔は額から鼻筋、そして唇から顎まで精液の雫にまみれていた。

「……あったかい」

美人ナースはあどけない表情で呟いた直後、口元に垂れてきた白濁の塊を左手の中指で掬い取り、窄めた唇のあいだに導いた。

濃厚な樹液を味わい尽くすように指先を貪り、上目遣いで童貞少年を仰ぎ見る。

そしていまだひくつく牡茎を再び口中に招き入れ、ねっとりとした舌遣いでペニスを清めていった。

(あ……あ。き、気持ちいい。真面目そうな顔をして、何てエッチなことを……)

敏感になった亀頭を、柔らかい舌がまんべんなく這い回る。

快楽一色に染めあげられた孝太郎は、そのまま膝から崩れ落ちていきそうだった。

4

麻衣は顔を洗ったあと、孝太郎を脱衣場に連れだし、バスタオルで身体に付着したお湯の雫を丁寧に拭っていった。

少年の顔は惚けたように虚ろのまま、頭の中はまだボーッと霞がかっている。

快楽があまりにも大きすぎ、いまだ身体中に射精の余韻が残っているようだ。

「ふふっ。まだ勃ってる」

「……え」

麻衣の言葉に、ようやく我に返った孝太郎は、自身の股間を見下ろした。

放出したばかりにもかかわらず、あろうことか、牡肉は八割方の勃起を示している。

(昨日だって、桃子さんにたっぷり出してもらったのに)

自分でも呆れるほどの絶倫ぶりだった。

「これじゃガウン着ても、目立っちゃうよ」

麻衣はそう言いながら、ギプスを保護していたビニール袋を取り外し、背中のほうからガウンの布地を孝太郎の腕に通していく。

腰紐が結ばれると、美人ナースは右手を口元に寄せてクスリと笑った。

股間は高々とマストを張り、まるで硬い棒でも仕込んでいるかのようだ。

孝太郎が口元を引き攣らせると、麻衣は手のひらで裏茎をそっと押しこみ、布地を平らにならした。

「あうっ」

たったそれだけの行為でも、肉筒は快美を感じてしまう。

「まだ、ちょっと目立つみたいね」

亀頭の部分だけが、飴玉のようにポコッと膨らんでいたが、それ以上の手立てがないのか、麻衣はそのまま浴室の扉を開け放った。

「さ、行きましょう」

「は、はい」

午後七時過ぎということもあり、廊下は多くの患者やナースが行き来している。

孝太郎はやや前屈みになり、麻衣の背後に隠れるようにして病室に向かった。

浴室からそれほど距離がないのが、せめてもの救いだ。

（いったい、どうしちゃったんだ。勃起が全然収まらないよ）

ただ歩いているだけで、裏茎にガウンの布地が擦れ、心地いい快感が走り抜ける。

桃子、麻衣と、続けざまに過激な行為を受けたことで、一気に盛りがついてしまったのだろうか。

孝太郎は何とか気を逸らそうと、後ろから麻衣に小声で謝罪した。

「さ、さっきは……ごめんなさい」

「何が？」

「あの……その……顔に出しちゃって」

「いいのよ、私が好きでしたんだもの。でもホントに誤解しないでね。いつも、あんなことばかりしてるわけじゃないんだから」

「は、はい」

当然のことだが、経験豊富な大人の女性でも恥じらいはあるに違いない。

麻衣は先ほども同じようなセリフを口にしていたが、孝太郎は自分だけにしてくれた特別な行為という点に、なぜか安堵の胸を撫で下ろした。

男はいつも、かわいい女の子ほど、永遠に聖女でいてほしいという身勝手な願望を抱いている。

もちろん十代の童貞少年に、異性の心の内をはかれる経験値などなく、孝太郎は彼女の言葉を素直に信じていた。

(玲子先生も言ってたけど、本当にモテモテっていう感じだな。こんなこと、一生に一度きりかもしれないぞ)

沙也香を一番好きだという気持ちは覆らなかったが、桃子の言葉責めを駆使した手コキ、麻衣のねっとりとした口戯とお掃除フェラは、あまりにもポイントが高い。

童貞少年の心が、エッチなお姉さんたちにぐらつくのも無理はなかった。

「はぁ。何だか……私も変な気分になってきちゃった」

「え?」

麻衣の独り言は、声が小さくて聞き取れない。

孝太郎が問い返そうとした直後、二人は病室に到着していた。

「さ、入って」

「は、はい」

美人ナースは気が急いているのか、引き戸を開けながら孝太郎を慌ただしく促す。

その瞳はいつの間にかしっとりと潤み、頬も桜色に染まっていた。

「孝太郎君って……童貞?」

「は?」

想定外の問いかけに、聞き間違いかと思ってしまう。

後ろを振り返ると、麻衣は扉をぴったりと閉め、後ろ手で内鍵をカチリと閉めた。

(そ、そうだ。オバさん看護師は帰っちゃったし、着替えの世話は麻衣さんがしてくれるんだっけ)

ガウンからパジャマへ、パンツも穿かせてもらわなければならない。

密室の中で、再び全裸を晒す状況を思い浮かべた孝太郎は、期待感から心臓の鼓動をトクトクと拍動させていった。

「童貞なの?」

「あの、その……」

羞恥から俯いたと同時に、股間の逸物が再びガウンの布地をむっくりと盛りあがらせていく。

性欲のスイッチが完全に入った孝太郎は、全身の血液を中心部に集中させていった。

「恥ずかしがらなくていいから、正直に言って」

手コキとフェラチオ奉仕は、年上のお姉さんも昂奮させていたのかもしれない。

麻衣がゆっくりと近づき、首を傾げて見つめてくると、孝太郎はコクリと小さく頷いた。

「やっぱり！　かわいい、食べちゃいたいくらい」

「そんな……食べるなんて。あっ……」

美人ナースが身体をぴったりと密着させ、ふくよかなバストを胸に合わせてくる。

桃子や玲子の巨乳には及ばなかったが、手のひらにすっぽりと収まりそうな小高い乳丘の感触も心地いい。

孝太郎の肉槍はガウン越しに完全勃起し、麻衣の下腹をそっと突きあげていた。

(あぁ、麻衣さんのお腹に、おチンチンがあたっている！)

思わず腰を引いたものの、美人ナースは両手を孝太郎の臀部に回し、自らの下腹部をグッと押しつけた。

「……あっ」

まろやかな曲線を描く、柔らかい腹部が裏茎を圧迫してくる。

「見たい？」

「え？」

困惑顔で腰を捩らせていた孝太郎は、麻衣の放った言葉に目を見開いた。

（ま、まさか……）

わかっていても、つい問いただしてしまう。

「見たいって、何をですか？」

「お・マ・〇・コ」

花びらのような唇の隙間から、女性器の俗称が飛びだした瞬間、孝太郎は一瞬にして顔を茹でダコのように真っ赤にさせた。

見たくないわけがない。

男にとって、女性のアソコはまさに神秘の花園。

どんな形と構造をしているのか、膣の中はどうなっているのか。

匂いや感触はもちろんのこと、どれほど夢想してきたことだろう。

胸が締めつけられるように苦しく、唾を呑みこむことさえままならない。

熱病患者のように頭をボーッとさせた孝太郎は、無意識のうちに首肯していた。

「ちゃんと言ってくれなきゃ、いや」

「……み、見たいです」

掠れ声で答えると、麻衣は身体を離し、ベッド脇に歩んでいく。そして身体を反転させてベッドに腰を下ろし、両足を持ちあげるようにゆっくりと開いていった。

（あぁぁぁぁぁっ!!）

まさに、心臓が口から飛びでてきそうな衝撃だった。

何と麻衣はショーツを身に着けておらず、女の秘部を余すことなくさらけ出していたのである。

スカート部分の布地は腰のあたりまで捲れ、股間の中心を隠すものはいっさいない。

麻衣が下着を脱ぐ時間的余裕は、少しもなかったはずだ。

つまり、孝太郎を介助する前からノーパンだったことになる。

もしかすると、彼女は最初からこうなることを目論んでいたのかもしれない。

美人ナースは両足をM字に開脚すると、舌先で上唇をなぞりあげた。

「近くで見ていいのよ」

切なそうにたわんだ眉、しっとりと濡れた瞳、紅色に上気した頬。

何と扇情的な顔つきをするのだろう。

脳幹を瞬時にして痺れさせた孝太郎は、牡の本能の赴くまま、麻衣のもとにふらふらと歩んでいった。

（こ、これが……おマ◯コ）

床に両膝をつき、恥丘の膨らみに貫くような視線を浴びせる。

初めて目にした大人の女性の恥部は、峻烈な印象を童貞少年に与えた。

ふっくらとしたプライベートゾーンは、抜けるような白さを見せ、肌がひと際過敏そうに見える。中心部に二枚貝を埋めこんだような陰唇は、やや肉厚で、誇らしげに外側へ突きでていた。

薄めの恥毛の真下、笠のように小さく膨らんだ包皮の下に陰核が息づいているのだろうか。

二枚の花弁の狭間から、鮮紅色の粘膜が微かに覗き見える。

そこはしっぽりと潤み、男根の侵入を待ちわびるかのようにひくついていた。

（あぁ、すごい、すごい）

もはや、ありきたりの感嘆詞しか思い浮かばない。

孝太郎が目を血走らせながら顔を近づけると、ムアッとした熱気とともに、甘酸っぱい香りとヨーグルトのような発酵臭が鼻先に漂ってきた。

（ただ匂いを嗅いでいるだけなのに、何でこんなに胸がざわつくんだ⁉）

不可能だとはわかっていても、触ってみたい。

今さらながら、両腕にギプスを嵌められた状況が恨めしかった。

孝太郎が性的昂奮から両肩で喘ぐと、上から右手がすっと下りてくる。

「もっとよく見せてあげる」

麻衣はそう言いながら、人差し指と中指で陰唇を左右に押し開いた。

(あぁぁぁぁっ。見える、中まで見えるぞ!)

小鼻を膨らませ、これ以上ないというほど目を剥いてしまう。

女性の膣の中は、まさに複雑怪奇な作りをしていた。

上方に位置する肉の垂れ幕には、尿道口と思われる小さな穴が開いている。

下方のぽっかりと開いた膣道から覗く珊瑚のような肉塊は、ねっとりとした粘液で覆われ、まるで折り重なるように連なっていた。

膣壁があわびのように蠢くと、媚肉の狭間から濁った淫液が滲みでてくる。

孝太郎は瞬きもせずに、美人ナースの秘芯を凝視していた。

情欲の炎が燃え盛り、滾る欲望が全身に吹き荒れる。

ビンビンに反り返ったペニスが、ガウンの前合わせの隙間から飛びでてくる。

理性を忘却の彼方に追いやった童貞少年は、飢えた獣のように、濡れそぼった恥肉にかぶりついていった。

「あンっ！」

麻衣が小さな悲鳴をあげ、身体をピクンと跳ねあげさせる。そして両足を百八十度の角度で開き、孝太郎の頭を両手で掻き抱いた。

「いやっ、だめっ。ひっ……ンぅぅぅぅっ！」

女性器の性感帯が、どこにあるかなどわからない。

孝太郎はヌルリとした二枚の花弁を陰核ごと口中に吸いこみ、舌先を窄めて無我夢中で愛液を啜りあげた。

「はぁぁぁぁぁっ！」

薄い皮膚に覆われた鼠蹊部がピクピクと引き攣り、うっすらとした内股の脂肪がぷるぷるると震える。

童貞少年は大量に唾液をまぶし、割れ口を懸命に舐りあげた。

(あぁっ、俺は今、おマ◯コを舐めてるんだ！　すごく熱くて、やたらグニュグニュしていて、いやらしい匂いがプンプン漂ってくるっ‼)

口の周りを淫蜜と涎でベタベタにしながら、熱い感動が込みあげてくる。

酸味のきいた味覚が口腔に広がり、ピリリとした苦みが舌先に走り抜けると、孝太郎の頭は強い力で後方に押しのけられた。

「もうだめっ！」

何事かと仰ぎ見ると、麻衣はバストを小刻みに起伏させ、眉尻を吊りあげている。

そして声を裏返しながら、呆然としている孝太郎の腕を上から引っ張りあげた。

「立って！」

「あ、あの……」

「早くっ！」

調子に乗りすぎて、怒らせてしまったのだろうか。

孝太郎が立ちあがると、麻衣はガウンの腰紐を外し、前合わせのあいだから突きでた勃起を右手で握りこんだ。そのまま、亀頭の先端を手前にグイッと引き寄せられる。

「あうっ！」

ペニスの先には恥蜜で濡れそぼった秘芯が、ぱっくりと口を開いて待ち受けていた。

ここまで来れば、未経験の少年でもこのあとの展開は予想できる。

(つ、ついに、女の人とエッチができる瞬間がやって来たんだ！)

童貞喪失はできれば沙也香相手に捧げたかったが、こんなチャンスが二度とあるとは思えない。それ以上に孝太郎の性欲は、初体験のクンニリングスで、のっぴきならぬ状況へと追いつめられていた。

一刻も早く、勃起を膣内に挿入したい。そして未知なる女体の中で、至高の射精を経験してみたい。しなやかな指が剛直を膣口に導いていくと、孝太郎は期待感から目を爛々と光らせた。

「はぁっ」

麻衣が細眉を切なそうにたわめ、熱い吐息をひとつ放つ。

真っ赤に張りつめた先端が、濡れそぼった窪みに押し当てられる。

ヌルッとした感触に射精感を高まらせた孝太郎は、咄嗟に下唇を噛みしめ、丹田に力を込めた。

「あ……ンっ」

真っ赤に充血した二枚の唇が宝冠部を挟みこみ、ペニスを手繰り寄せるように蠢動する。麻衣は再び舌先で上唇をなぞりあげたあと、自ら腰を前方に突きだしていった。

ニチュリという粘膜の擦れ合う音とともに、男根が膣の中に埋没していく。

「はぁっ、孝太郎君のおチンチン、硬くて大きい」

美人ナースの言葉も耳に入らないほど、孝太郎は下腹部を覆い尽くす快楽の大波に翻弄されていた。

（あ、あ……おチンチン全体が、柔らかいお肉に包まれてる）

麻衣が溜息を洩らすたびに膣壁がうねり、粘着質なヌメリが肉胴に絡みつきながら、怒張をキュッキュッと締めつけてくる。それはフェラチオにも似た快美を与えたが、ペニスに受ける感触は性交のほうが大きいようだ。

しっぽりとした生温かい媚肉に包まれたペニスは、早くも熱い脈動を訴えた。

「孝太郎君は、動かなくていいからね。そのままじっとしていて」

言われなくても、腰など少しも動かせない。

放出直後といえども、油断をすれば、すぐに絶頂の扉を開け放ってしまいそうだ。

麻衣は熱い吐息を放つと、M字開脚の体勢で腰をゆっくりと揺すっていった。

「あ……くぅっ」

「痛いの？」

「ち、違いま……す。気持ちが……よすぎて」

麻衣は孝太郎の体調を気遣ったあと、ベッドに後ろ手をつき、徐々にヒップの動きを速めていく。

前後動から上下に、そして時おり回転させては剛直を縦横無尽に揉みこんでいった。

「あぁ、いい。いいわぁ」

美人ナースも気持ちがいいのか、大量の愛液を湧出させ、結合部からジュプジュプとはしたない音が漏れはじめる。

孝太郎は言葉を発する余裕もなく、首筋に血管を浮き立たせるばかりだった。

熱い潤みにペニス全体を浸らせたまま、こなれた柔肉が上下左右から心地いい刺激を間断なく与えてくるのだ。

セックスがこれほど快楽的だとは、まさに期待以上だった。

「あンっ……だめだわ。すぐにイッちゃいそう」

やはり麻衣は、浴室にいたときから相当昂っていたのだろう。

細い腰をこれでもかとくねらせ、恥骨を孝太郎の股間にガンガンと打ち当ててきた。

スリムな体型の、いったいどこにこれほどのパワーを秘めているのか。

麻衣の腰はベリーダンサーのような動きを見せ、自ら官能の極みに上りつめようとしているかのようだった。

怒張が媚肉に揉みくちゃにされ、肉胴が膣壁に擦りあげられる。

あまりの気持ちよさから、童貞喪失の感動に浸る余裕すらない。

激しいスライドが繰り返されるたびに、脳裏に白い膜が張り、身体ばかりか五感が痺れてくる。

筋肉を強ばらせ、射精を堪えるだけで精いっぱいの孝太郎だったが、いよいよ臨界点が近づいてくると、自然と腰が律動していった。

牡の闘争本能に火がついたのか、それともこのまま射精したのでは男がすたるという心理が無意識のうちに働いたのか。

いずれにしても、孝太郎は鬼のような形相で、麻衣の膣の中を撹拌していった。

「あ、孝太郎君は動いちゃだめっ」

美人ナースの声は、もはや耳に届かない。

どうせ射精が間近なら、自分もセックスを心ゆくまで楽しみたい。

麻衣のヒップは動きがピタリと止まり、肌の表面が微電流を流したかのように震えていた。

パンパンに膨張した肉棒が、膣壁を猛烈な勢いで擦りあげていく。

やがて美人ナースは口を徐々に開け放ち、眉間に無数の縦皺を刻みながら咆哮した。

「ひぃンっ！　イッちゃう、イッちゃうっ‼」

とろとろに蕩けた膣内粘膜が、ペニスをこれでもかと引き絞る。

麻衣は次の瞬間、すでに包皮から顔を覗かせた陰核を、孝太郎の下腹に擦りつけた。

「はぁぁぁぁあっ！　イクっ……イクぅぅぅっ」

エンストした車のように、麻衣が腰をわななかせ、媚肉をキューッと収縮させる。

男根の根元を強烈に締めつけられると同時に、孝太郎もペニスを膣深くズンと突き刺した。

(こっちも、イ、イクっ!)

弾けるような快感が背筋を突き抜け、熱の塊が体外に向かってほとばしっていく。

孝太郎はこめかみの血管を膨らませると、残るありったけの樹液を麻衣の中に放出していた。

第三章　屋上での騎乗位エッチ

1

美人で人当たりのいい麻衣相手に、童貞喪失できたのは素直にうれしかったが、相手が沙也香でなかったことに、孝太郎はちょっぴり残念な思いを抱いていた。

(……仕方ないよな。沙也香姉ちゃんが、俺のことをどう思ってるかもわからないんだから)

麻衣の誘いを拒否したあと、沙也香に告白してフラれたら、絶好の機会をふいにしたことになる。退院してからもモテ期が続く保証はないし、童貞喪失に何年もかかっていたかもしれないのだ。

何にしても、思わぬ場所で念願が叶ったことは、孝太郎にとっては大きな経験だった。

少し大人に成長したような、男になれたという満足感が沸々と込みあげてくる。

浴室でのフェラチオ、そしてお姉さんからリードされてのセックス。

孝太郎はにやにやしながら、一昨日の麻衣との情交を思いだしていた。

(麻衣さん、すごかったもんな。もっとエッチなことをしたかったよ)

時間帯の早い病室内ということもあったが、気ばかりが焦り、女体とセックスの素晴らしさをゆっくりと堪能する余裕などなかった。

女性器を目にしたあと、クンニからの挿入と、それなりの手順は踏めたが、ギプス越しの手では肌の感触すら確かめられず、今では後悔と不完全燃焼すら覚えてしまう。

麻衣は泌尿器科のナースということで、孝太郎との接点は皆無に等しく、初エッチから一夜明けた昨日に、彼女からのアプローチはいっさいなかった。

(麻衣さんと、またエッチできるチャンスはあるんだろうか?)

二回目ともなれば、多少なりとも、心に余裕がもてるかもしれない。

孝太郎があれこれ妄想していると、病室の扉がノックされ、沙也香が入室してきた。

「……あ、沙也香姉ちゃん。さっき玲子先生と来たばかりなのに、どうしたの?」

「うん、ほら、玲子先生から言われたでしょ? 右足の捻挫が完治に近づいたから、ちょっとぐらいなら歩いてもいいって。それでお昼前に、散歩でもしたらどうかなと思ったの」

「散歩? 行く、行くよ!」

ベッドに寝てばかりの生活は、さすがにもう飽き飽きだ。

孝太郎は上半身をガバッと起こすと、喜々とした表情を浮かべた。

沙也香は一昨日から不機嫌な状態が続いていたが、今日はやけにうれしそうだ。

彼女との仲を、進展させるチャンスでもある。

「どこに行くの？　外？」

「うーん、病院の中庭でもいいけど、屋上なんてどう？　風が気持ちいいわよ」

できれば病院内から出たかったのだが、屋上なら新鮮な空気を胸いっぱいに吸えるだろう。とにかく、薬品の匂いがしない場所ならどこでもよかった。

「足のほうは大丈夫ね？」

「うん、もうほとんど痛みは感じないよ」

孝太郎はベッドから下り立つと、右足で床をトントンと叩いた。

「じゃ、行きましょうか」

病室から廊下に出ると、前方から桃子が歩いてくる。

「あれ、沙也香先輩。どこへ行くんですか？」

「うん、ちょっと……孝太郎君を散歩に連れていこうと思って」

桃子の問いかけに、なぜか口元を強ばらせた沙也香だったが、孝太郎はまったく気づかずにほくほく顔で口を挟んだ。

「屋上に行くんですよ」

「屋上？」

元子ギャルナースはいったんきょとんとしたあと、意味深な笑みを浮かべる。

「そうですか。屋上にねぇ。どうぞごゆっくり」

桃子は持って回った言い方をすると、そのまま立ち去り、孝太郎は彼女の後ろ姿を見ながら訝しげな顔つきをした。

（何だろう、何か含みのありそうな言い方だったたな）

桃子からは、しょっぱなに手コキの洗礼を受けている。

決して自惚れではなく、孝太郎に対して好意以上の感情は抱いているはずだ。

（ひょっとして……嫉妬？）

今の孝太郎はモテ期状態だけに、ナース同士で恋の火花を散らしているのだとすれば、桃子の態度も納得できる。

「孝太郎君、行こう」

「え？　う、うん」

「四階まではエレベーターで、屋上には階段で行くから」

沙也香に促された孝太郎は、小さく頷き、彼女のあとに続いた。

本音を言えば、沙也香一人に好かれればそれでいいのだが、複数の異性から注目を浴びる今の状況も悪い気はしない。

（俺って……浮気性なのかな）

思わず鼻の下を伸ばした孝太郎だったが、エレベーターに乗りこむと、すぐさま口元を引き締めた。

先ほどまで機嫌のよさそうだったお姉さんは、口を閉ざし、ひと言もしゃべらない。顔をやや上げ、階数表示のパネルをじっと見つめている。

重い空気に耐えられず、孝太郎は自ら話を振った。

「沙也香姉ちゃんは、あの……つき合ってる人とかいるの？」

「え？」

びっくりした表情で顔を向けた沙也香は、急におどおどしだし、慌てて視線を逸らした。

「どうして……そんなこと聞くの？」

「それは……その……気になって」

「今は……いないわ」

憧れのお姉さんの即答に、心がウキウキと弾んでくる。

恋人がいなければ、誰に遠慮することなく恋人に立候補できるというものだ。

「ホントにいないの？」

問いただしたと同時に、エレベーターが四階に到着し、沙也香が逃げるように飛びだしていく。

スタスタと階段を昇るお姉さんの後ろから、孝太郎はさらに言葉を重ねた。

「今はいないということは、これまでにはいたんだね？」

「そりゃ……私だって、もう二十二なんだから、恋愛経験の一度や二度ぐらいあるわ」

沙也香はそう答えると、屋上の扉を開け放つ。

（やっぱり……そうだよな。これだけかわいいんだもん）

沙也香を抱いた相手は、いったいどんな男だったのだろう。

軽い嫉妬に胸がチクリと痛んだ瞬間、爽やかな心地いい風が、孝太郎の頬をすり抜けていった。

「ああっ、いい風。天気もいいし、気持ちいいや」

「この一週間、ほとんど病室の中にいたもんね」

「あれ……誰もいない」

屋上には真っ白なシーツや洗濯物が干されていたが、夏の陽射しが燦々と照りつけるだけで、人っ子一人いない。

「……うん。この時間帯だと、屋上に上がって来る人はほとんどいないの。そういう場所のほうが落ち着くかと思って」

沙也香が頬を赤らめながら答えた瞬間、孝太郎は先ほど見せた桃子の態度を何となく理解できた気がした。

ナースたちは、屋上に人がいなくなる時間帯を知っているのかもしれない。

（もしかすると、彼女たちのあいだで、好きになった患者と密かに院内デートするスポットになっているのかも。だとしたら……）

孝太郎は、徐々に口元を綻ばせた。

麗しのお姉さんは、自分に好意以上の感情を抱いてくれているのだろうか。

一人の男として意識したうえでの誘いなら、告白のチャンスでもある。

「孝太郎君、ベンチに座ろうか？」

「う、うん」

沙也香とともにベンチに腰掛けると、孝太郎は一気に緊張感に包まれた。

つき合ってほしいというセリフが喉まで出かかっているのだが、どうしても言葉にならない。

心臓がトクトクと鼓動を打ちはじめ、腋の下がじっとりと汗ばんでくる。

孝太郎がいよいよ告白の覚悟を決めた瞬間、機先を削ぐように沙也香が口を開いた。

「私も聞いていい？」

「え？　う、うん」

「一昨日のことなんだけど……」

可憐なお姉さんは言葉を句切り、やや寂しそうに目を伏せる。

一昨日という言葉を聞き、孝太郎の頭にすぐ浮かんだのは入浴のことだった。

考えてみれば、沙也香の機嫌が悪くなりはじめたのはそのときからだ。

ナースたちのあいだで院内の情報がほぼ筒抜けだとしたら、孝太郎が入浴中に麻衣からどんな行為を受けたかも想像できるだろう。

(麻衣さんは、ふだんはここまでしないとは言ってたけど……。俺が手で射精させられたことぐらいは、気づいているのかもしれない)

麻衣と肉体関係を結んだ事実を知ったら、沙也香はどんな態度を見せるのか。

烈火のごとく怒るのか、それとも泣きだすのか。

侮蔑の眼差しを向け、完全無視を決めこむことも十分考えられる。

いずれにしても、交際どころか、二度と口を利けなくなることにもなりかねない。

孝太郎が恐れおののくと、沙也香は息を吐きながら自嘲ぎみの笑みを浮かべた。

「……いいわ」

「え？」

「もういいの。くだらないことだもの」

沙也香は一転して、和やかな表情で見つめてくる。

ホッとはしたものの、沙也香の本心がわからないだけに、不安はますます募るばかりだ。

「暑いね。やっぱり……外に出てみようか。中庭なら木陰もあるし」

沙也香が再び寂しそうに目を伏せながら腰を上げると、孝太郎は真剣な表情でベンチから立ちあがった。

やはり告白するなら、このタイミングしかない。

苦労して手に入れた宝物が、するりと逃げていってしまうような感覚に見舞われた孝太郎は、出口に向かう沙也香を背後から呼び止めた。

「沙也香姉ちゃん！」

「え？」

「俺、俺……うわっ！」

勢いこんで駆け寄り、出口付近で沙也香に追いついた瞬間、バランスを失った身体が左方向に大きく傾ぐ。

寝たきり状態が続いたことで、まだ平衡感覚が戻っていなかったようだ。

「きゃっ！」

バランスを失った孝太郎の肩を、沙也香は慌てて抱きとめた。

「ご、ごめん……⁉」

顔を上げた直後、沙也香の可憐な容貌が間近に迫る。

心配げに見つめる黒目がちの瞳、さくらんぼのような桃色の唇、そしてふっくらと柔らかい身体の弾力感が、孝太郎の心の琴線を掻きたてた。

「す……好き」

「え？」

「沙也香姉ちゃんのことが……好きだ」

これまで言えなかった言葉が、自然と口をついて出てくる。

沙也香は一瞬ぽかんとした顔つきをしたあと、唇を真一文字に結び、真摯な表情で孝太郎を見つめた。

本心を探ろうとしているのか、お姉さんの瞳は一点の曇りもないほど澄みきっている。

（あぁ、かわいい。沙也香姉ちゃん、かわいいよ）

沙也香と交際できるのなら、他の女の子になどモテなくていい。

浮気心の封印を決意した孝太郎は、括れたウエストに添えていたギプス越しの手に力を込めた。

「……孝太郎君」

手前にグイッと抱き寄せると、沙也香は一瞬恥じらいながらも、瞳はまだ孝太郎を真っすぐに見据えている。そして、そのままゆっくりと双眸を閉じていった。

（キ、キスできる⁉　沙也香姉ちゃんとキスができるぞ！）

恋愛経験不足でも、お姉さんが自分の気持ちを受け止めてくれたことはわかる。

念願の初キスまで、あと十センチ、五センチ……。

心臓の鼓動が早鐘を打ち、同時に股間へ大量の血液が注ぎこまれた。

今まさに唇が触れようとしたその刹那、屋上に通ずる扉のドアノブがガチャガチャと大きな音を響かせる。

（う、嘘だろっ！）

目をクワッと見開いた瞬間、孝太郎の身体は、沙也香の手によって派手に突き飛ばされていた。

2

「あいたーっ！」

扉の横の壁に後頭部をしこたま打ちつけた孝太郎は、そのままずるずると膝から崩れ落ちていった。

「沙也香先輩！　きゃっ！」

やや甲高い声は桃子のようだ。扉を開けた瞬間、目の前に佇む沙也香にびっくりしたのか、元子ギャルナースは小さな悲鳴をあげた。

「どうしたの？」

「外来の急患です。緊急手術をするから、手伝ってほしいって玲子先生から言われて」

「わかったわ」

「……ど、どうしたんですか？」

横の壁にうずくまっている孝太郎に気づいたのか、桃子がきょとんとした顔を向けてくる。

「うん、孝太郎君、バランスを崩して壁に頭を打っちゃったみたいなの。悪いけど、あとのことは頼むわね」

「はい、わかりました」

すでに沙也香は仕事モードに入ったのか、真剣な顔つきをしている。そして孝太郎には一瞥もくれず、足早に出口から出ていった。

（あーあ、急患かぁ。何てツイてないんだ。おー、いてぇ）

ギプス越しの手で頭を擦りながら立ちあがろうとすると、桃子がすかさず駆け寄り、腕に手を添えてくる。

「孝太郎君、大丈夫？」

「は、はい。何とか」

「こっちのベンチに座って」

肩を借りながら、一番端のベンチに歩み寄った孝太郎は、そのまま落胆いっぱいの表情で腰を下ろした。

「頭のどこを打ったの？」

「後ろ側です」

「ちょっと見せて」

桃子が後頭部を覗きこみ、髪の毛を掻き分けて傷の状態を確認してくる。

「……大丈夫。少し腫れてるけど、傷はないみたい」

孝太郎は安堵で胸を撫で下ろすと、照れ隠しに、すかさず言い訳を取り繕った。

「いや、長いあいだ横になってたから、まだ平衡感覚が戻らなくて……あれっ？」

顔を上げると、目の前に桃子の姿はなく、いつの間にか孝太郎の両足のあいだに腰を落としている。ベビーフェイスのナースは何を思ったのか、パジャマズボンの前合わせのボタンをひとつずつ外していた。

「……な、何をやってるんですか？」

「ふふっ。わかってるんだから」

「わかってるって……何を？」

したり顔で睨みつけられると、ドキリとしてしまう。

「沙也香先輩に無理やり迫ったんでしょ？」

「え？」

「それで突き飛ばされたんだよね？」

強引に迫ったつもりはまったくない。

桃子が姿を現さなければ、間違いなくキスをしていたはずだ。

「どうせ、またエッチなことばかり考えてたんでしょ？」

「そんなこと……」

「あら、じゃこれは何？」

「あうっ！」

桃子が右手の人差し指で、股間の頂をピンと弾く。

孝太郎の滾る欲情は、わずかのインターバルでは鎮まらなかったようだ。

ズボンの中心部は、いまだに小高い盛りあがりを見せていた。

「こんなになってるんだもん。我慢できないよね？」

「あっ、ちょっ……!?」

桃子はズボンの前合わせに右手を潜りこませ、トランクスの中から電光石火の早業で勃起と陰嚢を引っ張りだした。

剛直と化した分身と、クルミのような二つの玉が弾けでる。

パジャマの中心からペニスと陰嚢を出している様は何とも滑稽だったが、一度海綿体に流れこんだ血液はとどまったまま、裏茎に強靱な芯を走らせていた。

「や、やばいですよ！」

「何がやばいの？」

屋上にいるのが二人だけとはいえ、誰かが昇ってきたら大変なことになる。

孝太郎が慌てて顔を上げると、視界は真っ白なシーツに遮られていた。

「ふふっ。このベンチの位置だと、ちょうどシーツに隠れて見えないでしょ？　人が上がってきても、すぐに離れれば気づかれることもないわ」

桃子は、いつも患者相手に同じような行為をしているのだろうか。

そうでなければ、これほどスムーズに事を運べるわけがない。

孝太郎が呆然としていると、ロリータナースはいつの間にか白衣の胸元のボタンを外し、まろやかな双乳を剥きだしにさせていた。

縁にレースをあしらったブラジャーは、乳丘の上部四分の三が覗いているトップレスブラだった。

ただでさえ大きな乳房がより豊かに見え、さらには前方にドンと突きでているのだから、今にもはち切れんばかりの乳房の迫力に、孝太郎は目を剥くばかりだった。

（す、すごいおっぱい。でも、いったいどうするつもりなんだ。ま、まさか……）

桃子は微笑を浮かべたまま、両手をバストのサイドに添える。そしてそのまま上体を屈め、孝太郎の両足のあいだに身体を潜りこませた。

「あ、あ、あ……」

ビンビンに反り返った怒張が、くっきりと刻まれた胸の谷間に挟みこまれていく。

（お、おチンチンが、おっぱいに呑みこまれるっ！）

しっとりと汗ばんだ肌が肉胴の表面を包みこんでいくと、孝太郎は無意識のうちに顎を天に向けていた。

温かい人肌とともに、マシュマロのような柔らかい感触が、蕩けるような快美感を与えてくる。

「あ……くぅっ。き、気持ちいい」

「気持ちいい？　もっと気持ちよくしてあげる」

孝太郎が感嘆の溜息を洩らすと、桃子はうれしそうな笑みを見せ、窄めた唇のあいだからツツッと唾液を滴らせた。

ペニスは先端のわずかな部分を覗き、肉筒のほぼ全体が生白い肉丘の狭間に隠れている。

巨大なバストによる締めつけは、フェラチオやセックスに負けず劣らずの圧迫感だ。

とろりとした透明な雫が谷間から流れ落ち、亀頭をテラテラと照り輝かせていった。

「ふふっ。孝太郎君のおチンチン熱い」

桃子が両手に力を込め、ペニスを揉みこむようにバストをスライドさせていく。

「はうぅっ」

孝太郎が白い喉を晒すと、元子ギャルナースはさらに上半身を上下に弾ませた。

唾液が潤滑油の役目を果たし、ねっとりと濡れそぼった肉胴に、なめらかな感触と心地いい感覚を与えてくる。

(し、信じられない。パイズリが……こんなに気持ちいいなんて)

先ほどまでは沙也香ひと筋と決意したにもかかわらず、孝太郎の欲情は早くものっぴきならない状況まで追いこまれていた。

性感が沸々と煮え滾り、堪えきれない淫情が込みあげてくる。射精願望に翻弄された孝太郎は、知らず知らずのうちに両足を目いっぱい開き、自ら腰を突きだしていた。

「ふふっ。先っぽからエッチなお汁が噴きだしてる」

桃子の言葉を受け、虚ろな目を向けると、おちょぼ口に開いた先端からはとろりとしたカウパーが湧き水のように溢れでている。

粘着液は雁首から胸の谷間に伝い落ち、根元までまんべんなくまぶされていった。

「ああ、いい、いいっ」

「こんなんでイッちゃやだめだからね」

「で、でも……」

あまりの快感で、足が貧乏揺すりのように揺れてしまう。

孝太郎が歯を剥きだしにすると、桃子はさらにとんでもない技を繰りだした。

左右の乳房を、段違いにスライドさせはじめたのだ。

「はぁぁぁぁーっ」

電動あんま機のような動きから、直線的な上下動へ、バストの内側の一番柔らかい部分が肉胴の表面をこれでもかと擦りあげていく。

「孝太郎君のおチンチン、ビクンビクンいってる。イキそうになったら、ちゃんと言うのよ」

そう言いながら、桃子は首をやや傾げ、上目遣いで孝太郎を見あげた。

甘く睨みつける視線、いかにも小悪魔的な悪戯っぽい微笑。

下腹部ばかりでなく、彼女の見せる愛らしい表情が多大な快楽を吹きこんでくる。

脊髄から脳幹へと、青白い性電流が何度も走り抜け、腰のしゃくりあげが徐々に振幅を増していく。

桃子が上下のピストンにくわえ、双乳を引き絞ると、孝太郎は半開きにしていた口を大きく開け放った。

「あ……あ。もうイキそう」

「だめっ、まだだめよ」

「そ、そんなっ……イクときは言えって……くぅっ」

桃子は突然パイズリを中断させ、にっこりと満面の笑みを見せた。

出口に向かってなだれこもうとしていた白濁のマグマが、陰嚢に向かって逆流していく。

院内のトイレで見せた寸止め行為の再現に、孝太郎は狂おしげに腰をくねらせた。

「射精させてあげてもいいけど、おっぱいが精液でべとべとになっちゃうもん」

桃子はあっけらかんと言い放ち、その場ですっくと立ちあがる。

ペニスを散々弄ばれ、このまま放置では、あまりにも殺生というものだ。

男の欲望は、一度タガが外れたら最後まで突っ走るしかない。

ナースなら、男の生理は当然知っているはずである。

孝太郎が涙目になると、桃子は瞬時にして眉尻を下げた。

「かわいい。私、男の人の切なそうな顔を見るのが好きなの」

少女のような容貌にもかかわらず、彼女はサディスティックな一面を持ち合わせているのかもしれない。孝太郎が両肩で喘ぐと、桃子はスカートの中に両手を潜りこませ、パンストをスルスルと下ろしていった。

（えっ、こ、今度は何を……）

汗をたっぷりと含んだお姉さんの生パンストが、丸められた状態でベンチに放り投げられる。

孝太郎が物欲しそうにパンストへ目を向けているあいだ、桃子は薄いブルーのショーツを膝下まで下ろしていた。

（ま、まさか……）

幸いにも、ここまで屋上には誰一人として上がってこない。

桃子がこれから見せる行為が想像どおりだとしたら、大胆にもほどがある。

頬をすっかり紅潮させたお姉さんを、孝太郎は驚きの表情で見あげるばかりだった。

3

「ふふっ。孝太郎君のおチンチン、びくびくしてる」

桃子はショーツを足首から抜き取ると、小さく丸めてスカートのポケットの中に押しこんだ。

（こ、ここで、エッチをしようっていうんじゃ……）

場所が場所だけに、それはあまりにも無理があるというものだ。

それ以上に沙也香に対し、今度こそ貞操を守りたいという心情が込みあげてくる。

「だ、だめですっ」

孝太郎が拒絶の言葉を発すると、桃子は意外そうに目を丸くした。

「あら、何で？」

「だって、人が……」

「だからぁ、大丈夫だって言ってるでしょ。孝太郎君はパジャマの前からおチンチンを出しているだけだし、私だってパンストとパンティを脱いでいるだけなんだから」

「でも……」

確かに、桃子の言うとおりかもしれない。

屋上に干されたシーツは、完全に二人の遮蔽幕になっている。

もちろん射精したいという気持ちはあるのだが、どうしても沙也香の顔がチラついてしまう。

孝太郎の心の内を見透かしたのか、桃子は意味深な笑みを浮かべた。

「ひょっとして孝太郎君、沙也香先輩のこと好きなの？」

「そ、それは……」

「沙也香先輩はとても真面目な人だから、果たして孝太郎君の思いが通じるかなぁ」

「ち、違いますっ！」

からかうような物言いに、気恥ずかしさを感じた孝太郎は、無意識のうちに否定の言葉を放っていた。

「何が違うの？　実際に私が来る前、沙也香先輩に迫ってたんでしょ？」

「迫ってなんかいないです。ただ俺は……その……本当に誰か来ないか心配で……」

「ごまかさなくったっていいわ。好きな人のために操を立てたい、っていう気持ちはわかるもん。でも……こんな状態のままで我慢できる？」

桃子はクスッと笑いながら、人差し指で宝冠部をチョンチョンとつつく。

たったそれだけの行為で、鈴割れからは大量の先走りが噴きこぼれた。

「あぁぁっ」

「ふふっ。おチンチンは、孝太郎君の言うことを聞いてくれないみたいね」

「お、俺なんか相手にしても、気持ちよくないと思います」

「何で？」

「あまり……その……経験がないから」

「え？　孝太郎君って、童貞じゃなかったの？」

桃子の問いかけに、孝太郎は言葉を詰まらせた。

童貞は麻衣に奪われていたが、もちろん院内で働くナース同士だけに、そんなことは口が裂けても言えない。

（そうだ。童貞だって言えば、あきらめてくれるかもしれないぞ）

かわいい顔に似合わず、桃子はどう見ても性体験が多そうだ。

この年代の女の子たちは、年下の童貞男よりも経験豊富な年上男を好むという話を聞いたことがある。

「ほ、本当は童貞なんです」

孝太郎は顔を真っ赤にしながら答えたものの、その直後、元子ギャルナースは想定外の反応を示した。

「きゃン。私、童貞君って初めて！」

まるで未知の生物に遭遇した研究者のように、目をキラキラときらめかせる。

「そうかぁ、私が孝太郎君の最初の女になるんだぁ」

「あ、あの……」

桃子は夢見る乙女のようにうっとりとした顔つきをすると、すぐさま獲物を見据えるような視線を向けてきた。

「ふふっ、私が筆下ろししてあげる」

「で、でも……入れたらすぐにイッちゃうかも」

あくまで童貞を装うと、幼い顔立ちのお姉さんはナースキャップを取り、両手を頭の後ろに回した。

束ねていた髪がふわりと揺れ落ち、フローラルな香りが漂う。

個人的にはやや短めのヘアスタイルが好みだったが、ストレートの長い髪も悪くはない。

ベビーフェイスの桃子にはぴったりの髪型で、愛くるしさはさらにポイントアップしたものの、なぜ髪を下ろしたのか、その理由まではわからなかった。

「そうだよね。確かにこの状況じゃ、入れたらすぐに出ちゃうかも」

桃子は腰を落とし、髪を結わいていた紐をピンと張りながら股間に近づけてくる。

(な、何だ？　何をするつもりなんだ？)

孝太郎が呆然と見つめていると、裏茎の根元に押し当てられた紐は、そのまままくるくると肉胴に巻きついていった。

「あっ⁉」

「おチンチンの根元を紐で縛っておけば、多少は長く保つでしょ？」

お姉さんはさもうれしそうに笑い、指に力を込めて紐を胴体に括りつけていく。

（な、何てエッチなことを……）

昂奮のボルテージは極限にまで上昇し、心臓が激しい鼓動を打った。

軽い締めつけ感が適度な刺激を与えているのか、皮膚に喰いこむ疼痛が何とも心地いい。確かに輸精管を圧搾すれば、射精は先送りできるかもしれない。

孝太郎は、お姉さんが見せる淫らな行為に脳漿を沸騰させるばかりだった。

「紐を結ぶわよ。痛くない？」

コクリと頷くと、桃子はうれしそうにペニスを拘束していく。

「ほら、見て。おチンチン、また硬くなってきたみたい」

股間を見下ろすと、樽のように膨れた怒張が視界に飛びこんでくる。

パンパンに張りつめた亀頭、真っ赤に腫れあがった肉胴には、今にも破裂しそうな静脈がぶっくりと浮きでている。

グロテスクな自身の逸物を見ているだけでも、孝太郎は異様なほどの昂奮に衝き動かされていた。

（あぁっ、したい。やっぱり桃子さんとしたいよっ）

性欲が理性を蝕み、やがて牡の本能だけが一人歩きを始めていく。

孝太郎が切なげな顔つきをすると、桃子はその場で立ちあがり、右手で屹立を垂直に立たせながら、左手でスカートを捲りあげた。

(も、桃子さんのおマ○コだ！)

柔らかな蜜毛に縁取られた、紅色の二枚の唇が鶏冠のように突きでている。

顔を傾げて覗きこもうとした瞬間、桃子はそれよりいち早く、孝太郎の両足の上を跨がってきた。

対面座位の体勢で腰がゆっくりと落とされ、ふっくらとした恥丘が肉棒の突端を覆い隠していく。

孝太郎が目を剥いた瞬間、亀頭にヌルッとした感触が走った。

桃子の秘芯は、早くも愛液を溢れさせていたようだ。

生温かい媚肉の感触に快美を覚えた孝太郎は、一瞬にして身体を強ばらせた。

「……ふ、ぅぅぅンっ」

「あ……くっ」

ニチュリという猥音とともに、柔らかい肉襞がペニスを包みこんでいく。

(あぁ、き、気持ちいい)

根元を紐で縛っていなければ、この時点で放出していたかもしれない。

キリキリと皮膚に喰いこむ刺激も、今では快楽のエッセンスと化し、性的好奇心は絶頂への坂道を駆け登るばかりだった。

怒張が膣の中に根元まで呑みこまれると、しっぽりと濡れそぼった粘膜がキュンと収縮し、うねるように肉胴を締めつけてくる。

孝太郎は、すでに快楽の世界に身も心もどっぷりと浸かっていた。

(ま、麻衣さんのと比べると、中がふっくらしてる。女の子によって、おマ◯コの感触も違うんだ)

二度目の性体験は新鮮な驚きを与え、性感を揺るぎなく上昇させていく。

「はぁぁぁぁぁっ。硬い、硬いわぁ」

桃子は熱い溜息を放ちながら、麻衣と同じ感想を口走った。

自分のペニスはさほど大きいとは思えなかったが、女の子にとっては巨根よりも硬さのほうが重要なのだろうか。

「それに孝太郎君のおチンチンって、上のほうが反ってるから、気持ちのいいところに当たるの。こんなの初めて」

桃子は孝太郎の首に両手を絡め、ゆっくりと腰をスライドさせていく。そして桃尻をくねくねと揺らしながら、恥骨を下腹に押しつけていった。

「うふンっ。おチンチンが、おマ◯コの中で暴れてる」

スカートはすでに下ろされていたが、布地の奥からジュプッジュプッと、粘膜の擦れ合う音が聞こえてくる。

結合部はまったく見えなかったが、それが孝太郎の想像力を煽りたてた。

「あぁ、いやらしい音。聞こえる？」

「……き、聞こえます」

「孝太郎君のおチンチンが、私のおマ◯コの中に入ってるんだよ」

「あ、くぅぅぅっ」

桃子が腰をグリンと回転させると、剛直が媚肉に引き絞られる。

すでに膣の中は愛蜜が溢れかえっているのか、ヌルヌルの粘液が絡みつき、陰嚢のほうまで滴っているようだ。徐々にピストンのピッチが上がっていくと、孝太郎は眉間に無数の縦皺を寄せていった。

（な、何だよ、これ。おマ◯コの襞が、ひくつきながらチンポを締めつけてくる⁉）

小さな虫が肉胴の表面をざわざわと這うような快美に、もはや喘ぎ声さえ出てこない。

（あ……あ、イクっ！　イッちゃうっ!!）

早くも射精感を込みあげさせた孝太郎は、慌てて会陰を引き締めたものの、欲望の塊は出口に向かってなだれこんでいった。

「あぐっ！」

尿管を突っ走った精液は根元の枷に遮られ、陰嚢に逆流していく。

孝太郎が苦悶の顔つきをすると、桃子は悪戯っぽい微笑を浮かべた。

「ふふっ、今イキそうだったでしょ？　おチンチンがぶわって膨らんだもの」

そう言いながら、小悪魔ナースは、その場でトランポリンをしているかのような抽送に移っていった。

「あ……ふンっ。ぅぅぅンっ。いい、いいっ！」

あまりの凄まじい上下動に、ベンチがギシギシと悲鳴をあげ、脚が今にもぽっきりと折れてしまいそうだ。

（あ、すごい！　何て腰の使い方をするんだっ！）

目の前で派手に揺れる巨乳を見つめながら、孝太郎の射精感は再びレッドゾーンに飛びこんでいった。

今さらながら、両手を使えないことが恨めしい。

弾む巨乳を揉みしだき、括れたなめらかなウエストを撫でまわし、はたまた躍動する桃尻を目いっぱい手のひらで引き絞ってみたい。

叶わぬ夢を思い描きながらも、元子ギャルナースの尻朶は、孝太郎の太腿をパチーンパチーンとリズミカルに、そして軽やかに打ち鳴らしていった。

灼熱の濁流が荒れ狂い、下腹部に甘ったるい肉悦が駆け抜けていく。それは括約筋を引き締めるたびに大きくなり、雄々しい波動となって全身を貫いていった。

膣の中で揉みくちゃにされたペニスが、限界ぎりぎりまで張りつめていく。

あまりの膨張率で、根元を締めつけていた紐が一気に緩む。

「あ……あ。お、俺……イッちゃいそうです！」

「イッて！　私の中に出して‼」

絶息するような息継ぎをしながら射精の瞬間を訴えると、桃子は孝太郎の下腹に陰核をすりつぶすように押しつけた。

同時に肉棒が根元を支点に、上下左右に嬲り倒される。

こなれた膣肉が、尿道口、雁首、肉胴、根元から陰嚢までを強烈に擦りあげた。

「私もイクっ！　イッ、クぅぅぅぅぅぅぅっ‼」

雲ひとつない青空を切り裂くように、桃子の嬌声が響き渡る。

絶頂感が怒濤のように打ち寄せ、官能の奈落へと一気にたたき落とされる。

(お、俺も……もうだめだっ)

桃子の柳腰が前後にガクガクとわななくと、孝太郎は子宮の奥に大量の精液をほとばしらせていた。

4

(あーあ、やっちゃった)

その日の夜、孝太郎はベッドの中で自己嫌悪に陥っていた。

沙也香に対する思いが変わることはなかったが、桃子からのアタックを拒絶できなかった心の弱さは否定できない。

「でも……気持ちよかったなぁ」

巨乳に挟まれてのパイズリ、紐を使った根元の拘束、対面座位での高速ピストン。

屋上での淫靡な体験を思いだすと、再びペニスがむずむずと疼いてくる。

孝太郎は体積を増していく股間の膨らみを見下ろし、深い溜息を洩らした。

(……これだもんな。やっぱり俺って浮気性なのかも)

ほんの半月前までは、こんなに早く童貞が捨てられるとは思いもしなかった。

もちろん高校生活最後の夏休みで、初体験は目論んでいたものの、両腕骨折で夢叶わずと覚悟していたのである。

入院した病院で、まさか二人のナースから性の手ほどきを受けることになろうとは。

(これで沙也香姉ちゃんとうまくいけば、万々歳なんだけど……)

孝太郎が沙也香の顔を思い描いた瞬間、ドアが軽くノックされる。

「は、はい！」

引き戸がスッと開けられると、瞳に沙也香の顔が映りこんだ。

「あれ、沙也香姉ちゃん、まだいたの？」

「う、うん。今日はロング日勤だったの。これからあがるところなんだけど、その前に孝太郎君にひと言謝っておこうと思って」

沙也香は後ろ手で扉を閉め、しずしずと歩んでくる。そして、黒曜石のような艶々とした瞳を向けながら言葉を連ねた。

「ごめんね。頭、大丈夫だった」

「大丈夫、大丈夫。桃子さんから聞いてない？　頭にこぶができただけだから」

「ちょっと見せて」

顔を横に向け、後頭部を晒すと、沙也香が両指をそっと伸ばしてくる。

「……やだ。ホントにこぶになってる。痛くないの？」

「うん、平気だよ。それに、あのときは俺も悪かったんだし」

キス寸前までいった昼間の出来事を思いだしたのか、麗しのお姉さんは頬をポッと赤らめた。

（か……かわいいなぁ）

麻衣や桃子も十分な魅力と可憐さを持ち合わせていたが、決定的な違いは、沙也香が淑やかで、事あるごとに恥じらいの表情を見せることだった。

年上とは思えない初々しい仕草が、男心を猛烈にくすぐるのだろう。

「ううん、孝太郎君は悪くないよ。私が……その、びっくりしちゃって。本当にごめんなさい」

「だから不可抗力だって。そんなに謝らないでよ」

何とか、屋上の再現を計らえないか。

孝太郎がない頭を絞ろうとした瞬間、沙也香はやや潤んだ瞳を向けてきた。

「私に……何かしてほしいことない？」

「え？」

「罪滅ぼしっていうわけじゃないけど、どうしても私の気持ちが収まらないの」

沙也香が真面目な性格なのは昔から知っていたが、思っていた以上に責任感も強いようだ。

患者に怪我をさせたという点で、自分自身が許せないのかもしれない。

それでも孝太郎は、いつもとは違う沙也香の微妙な変化を肌で感じ取っていた。

身体が火照っているのか、顔全体が紅潮し、瞳が忙しなく左右に動いている。

明らかに、何かを意識しているような様子だ。

（も……もしかして）

孝太郎は緊張の面持ちに変わり、心臓の鼓動をトクトクと拍動させた。

沙也香自身も、屋上での続きを病室内で再現しようと考えているのではないだろうか。

罪滅ぼしという言い方で、そのきっかけを作ろうとしているのだとしたら……。

（い、今なら、エッチな要求をしても、受けいれてくれるんじゃないか）

優美なお姉さんのヌード、手コキやフェラチオ、騎乗位でのエッチと、あらゆる妄想が脳裏を駆け巡るも、孝太郎はすぐさまよこしまな思いを打ち消した。

いくら何でも、性獣のような行為を求めれば拒否してくるだろうし、それどころか失望感を与え、逆に嫌われないとも限らない。

沙也香からのせっかくのアプローチ、千載一遇のチャンスを無駄にするわけにはいかない。

孝太郎は生唾を呑みこむと、閉じていた唇を遠慮がちに開いた。

「キ……キスがしたい」

「え？」

無難なところでキスを選択したものの、もちろん孝太郎の推測が見当外れなら、しっかりと拒絶の姿勢を見せてくるはずだ。

沙也香はその言葉に睫毛をピクッと震わせ、頬をやや強ばらせながら目を伏せた。

（だ……だめか）

言ったあとで、猛烈な羞恥と後悔が込みあげてくる。

ロマンチックなシチュエーションとはかけ離れた病室内では、いくら何でも無理があったか。

今度は孝太郎が無念そうに双眸を閉じた瞬間、鼻先に甘いコロンの香りが漂った。

（……え？）

ふっくらとした、柔らかい感触が唇に押し当てられる。慌てて目を開けると、沙也香のツルリとした白い頬が、視界いっぱいに広がっていた。

(さ、沙也香姉ちゃんが……俺にキスを)

甘酸っぱい思いに胸が締めつけられ、心臓の鼓動が一気に跳ねあがる。

生まれて初めてのファーストキスは、まさにレモンの味だった。

唇を重ね合わせているだけにもかかわらず、一瞬にして股間に大量の血液が集中していく。

甘いキス、脳まで蕩けそうなこの感覚を心ゆくまで堪能したい。

孝太郎が舌を蠢かせた瞬間、沙也香は無情にも唇をすっと離した。

彼女の顔は耳朶まで桜色に染まり、瞳はしっとりと濡れている。

やや切なげな表情の、何と愛くるしいことだろう。

「さ、沙也香姉ちゃん」

「……お大事に」

沙也香はよほど恥ずかしいのか、二度と目を合わせようとはせず、逃げるように出口へと向かう。その後ろ姿を、孝太郎は惚けた表情で見つめていた。

お姉さんが病室内から姿を消しても、頭の芯がまだジーンと痺れている。

(やった……沙也香姉ちゃんと……キスをしたんだ)

口づけは、ほんの十秒ぐらいだったのかもしれない。
外国人が見たら、たわいのない親愛なキス程度にしか映らないだろう。
それでも孝太郎は、麻衣や桃子のエッチに匹敵するほどの高揚感に打ち震えていた。
脳内アドレナリンが分泌しているのか、身体の内からエネルギーが漲ってくる。
(俺、やっぱり沙也香姉ちゃんのこと……大好きだ)
孝太郎は今、沙也香に対する自分の気持ちをはっきりと再認識していた。

第四章　美人女医の前立腺責め

1

何とか、沙也香と本物の恋人同士になりたい。

孝太郎は、朝から晩まで彼女の面影ばかりを思い描いていた。

キスのあと、病室から出ていく沙也香を呼び止め、なぜ自分の気持ちを告げなかったのか。

孝太郎は告白する機会を狙っていたものの、そのチャンスはなかなか巡ってこなかった。

沙也香が病室に姿を現すときは、母親や見舞い客がいたり、桃子が側でアシストしたりと、どうしても二人きりになれない。ここ二日間の彼女は昼勤のため、ナースコールで深夜に呼びだす手も通用しなかった。

（怪我の経過がいいのか、病室に姿を見せること自体減ってきてるんだよな。食事やトイレの世話は、オバちゃんナースばかりだし……）

あれこれと思案していた孝太郎だったが、ふと下腹部の異変に気がついた。

腹のあたりが妙に重苦しく、張っているような感覚がある。

(そう言えば……三日ほど、大のほうが出てないな。ひょっとして……便秘?)

入院した頃は、母親とオバさん看護師が介助してくれたものの、トイレットペーパーで尻を拭かれるときの恥ずかしさは、された者でなければわからないだろう。

不本意ながらも、ぎりぎりまで排泄を我慢する癖がついていたのだが、それが便秘への引き金になったのかもしれない。孝太郎が渋い表情を見せた直後、扉がノックされ、玲子が沙也香とともに姿を現した。

「孝太郎君、調子はどう?」

「あ、は、はい」

「……どうしたの? 何か様子が変だけど」

早くも異変を察知したのか、玲子が眉根を寄せながら近づき、沙也香もそのとなりで心配そうな顔つきをする。

「腕が痛いのかしら?」

「いえ……その、大したことじゃないんですけど」

もじもじとしながら次に放つ言葉をためらっていると、玲子は女医らしく、はっきりとした口調で問いただした。

「男の子でしょ？　恥ずかしがらないで、ちゃんと言いなさい」

隠していても、しょうがない。

孝太郎は覚悟を決めると、ゆっくりと口を開いた。

「あの……便秘になってしまったようで」

「便秘？　どれくらい出てないの？」

「……三日ほどです」

「三日なら、確かに便秘かもしれないわね。入院したての患者さんは、生活環境が変わったことで便秘になることが多いけど、あなたのようなケースは珍しいわ」

大をひたすら我慢していたとは言えない。

孝太郎が困惑していると、玲子は沙也香に寄り添うように近づき、ぼそぼそと小さな声で囁いた。

「はい、わかりました」

沙也香が頷き、すぐさま病室を出ていく。

不安な顔つきをした孝太郎は、真横に佇む玲子に問いかけた。

「あの……何でしょうか？」

「下剤を使いましょう。今、篠崎さんに取りに行かせたから」

「え？」

「今日は、午後から腕のレントゲン写真を撮るつもりなの。それまでに、すっきりしといたほうがいいでしょ？」

「あ……はい」

腹の鈍痛と不快感を思えば、下剤の使用も致し方ない。

それでも孝太郎は、すぐさま排泄時のフォローを懇願した。

「トイレに行くときは、歳のいった看護師さんをお願いします」

「あら、困ったわね。いつもの看護師さんはお休みだし、今日は若いナースしかいないのよ」

「そ……そんな」

「他の科のナースにあたってみるけど、タイミングが合うかどうかはわからないし」

「タ、タイミングって……」

「下剤を飲んだら、排泄は待ってくれないでしょ？　他の科のナースたちが忙しいときに催したら、うちの科のナースで我慢してね」

冷笑を浮かべる玲子を、呆然と見つめてしまう。

（ということは……沙也香姉ちゃんに介助してもらう、っていうこともありうるんだよな）

その光景を頭に浮かべた孝太郎は、一瞬にして全身に鳥肌を立たせた。

好きな女性に排泄の処理をしてもらうばかりか、汚物まで見られてしまうのである。

まさに地獄のような羞恥だろう。

（あぁ、便秘だなんて……言わなきゃよかった）

孝太郎はハァと深い溜息をこぼすと、顔色をますます曇らせた。


下剤を飲んでから一時間、いつまで経っても便意は催さず、孝太郎はただ戸惑うばかりだった。

扉がノックされ、沙也香が心配げに病室内に入ってくる。

「あ、沙也香姉ちゃん」

「いつまで経ってもナースコールが鳴らないから、どうしたのかと思って」

「全然だめっ。ゴロゴロともしないよ」

「……おかしいわね。お薬が効かなかったのかしら」

沙也香は首を捻り、途方に暮れているようだ。ようやく二人だけになるチャンスを迎えたものの、この状況ではとても告白などできそうにない。

「ちょっと待ってて。玲子先生に伝えてくるね」

沙也香が病室から出ていくと、孝太郎はパンパンになった腹部を恨めしそうに見つめた。

（いったい、どうしちゃったんだ？　便秘の経験なんて、子供のとき以来のことだけど、やっぱり出すものを出さないとモヤモヤするよ）

便秘は下痢よりもつらいという話を聞いたことがあるが、まんざら大袈裟でもない気がする。ひどい症状の場合は、一ヶ月も出ないことがあるようだ。

（そんなことになったら、お腹の中……どうなっちゃうんだろう）

憂鬱そうな顔をすると、廊下のほうからパタパタと足音が聞こえ、沙也香が息を切らせながら入室してくる。

「孝太郎君、診察室に来てくれって」

「え？　これから？」

「うん、玲子先生が直接診てくれるみたい」

孝太郎がベッドから起きあがると、沙也香はすぐさまロッカーからブルーのガウンを取りだした。

入浴したときに着用したガウンだ。

「き、着替えるの？」

「そうよ。下着を脱いで、ガウンだけ着てほしいって」

理屈抜きで、妙な不安感が心に忍び寄る。

（パンツを脱いでくれって。まさか……お尻を調べられるんじゃ）

ベッドから下り立とうとする姿勢のまま、孝太郎は石のように固まっていた。

沙也香がパジャマのボタンを外し、肩口から脱がしにかかる。

上半身裸にされ、しなやかな指がズボンに伸びてくると、孝太郎はようやく我に返った。

「い、いいよ」

「いいよって、何が？」

「便秘、今治りました」

「何言ってるの？　もう三日も出てないんでしょ？　下剤を飲んでも効かないなんて、普通じゃないわ」

完全な仕事モードに入ったのか、沙也香は真剣というよりも、やや怒った顔つきをしている。

「あ、ちょっと⁉」

「お尻を上げて」

「いやっ！」

「いやじゃないでしょ。さ、早く！」

腰を捻った瞬間、臀部がベッドから浮きあがり、ズボンが引き下ろされていく。

「あぁぁっ」

トランクスだけの姿にされた孝太郎は、羞恥に顔を赤らめた。

便秘の不快感から、性欲が抑制されていたことがせめてもの救いだろうか。

それでも、このあとはパンツまで剥ぎ取られてしまうのだ。

好きな女性相手に、なぜこうも一方的に恥部を晒さなければならないのか。

（くそーっ。両手さえ使えれば、こんな恥ずかしい思いをすることもないのに）

細長い指がトランクスの上縁に添えられると、孝太郎は慌てて懇願した。

「め、目を閉じて」

「わかってる。じゃ、脱がせるからね」

沙也香はしっかりと目を閉じ、布地をするすると下ろしていく。

ペニスはさすがに少しの勃起も見せず、まるで幼児のように小さい。

これはこれで何とも情けなく、孝太郎はもはや泣きそうな顔をするばかりだった。

パンツが足首から抜き取られ、沙也香がベッド脇に置いてあったガウンを手に取る。

そして背後に回り、孝太郎の背中から羽織らせるように着させていった。

薄い布地が股間を覆い隠すと、ホッと安堵の胸を撫で下ろしてしまう。

「大丈夫？」

「うん」

沙也香が再び前面に回りこみ、ガウンの腰紐を結んでいくあいだ、孝太郎はお姉さんの可憐な容貌を見つめていた。

(ちょっと、見られちゃったかな。このお返しは絶対にしないと。いつかお姉ちゃんのあそこを、じっくりと眺めてやるぞ)

口の中でぼそぼそ呟いていると、沙也香がきょとんとした顔を向ける。

「何、ぶつぶつ言ってるの？　さ、行くわよ。ベッドから下りて」

脳裏に淫らな妄想を抱いた孝太郎だったが、すぐに現実へと引き戻された。

このあと、いったいどんな診察が待ち受けているのか。

やや体積を増しはじめていたペニスは、瞬時にして萎えていった。

2

沙也香のあとに続き、診察室に足を踏み入れると、孝太郎は心臓をドキリとさせた。肘掛け椅子に座る玲子の他、その傍らには麻衣が佇んでいる。泌尿器科のナースがいるのだから、これから何が行われるか、ある程度の想像はできるというものだ。

一瞬にして、顔から血の気が失せていく。

玲子はメガネの奥にある切れ長の目を細め、漆黒の瞳をきらりと光らせた。

「全然催さないんですって？」

「……は、はい」

「おかしいわね。かなり効くお薬を出したのに。孝太郎君は、ふだんから便秘薬を服用してるの？　その場合は効かないことがあるんだけど」

「……いえ、服用してません」

「玲子先生、出口付近で固まってるんじゃないかと思います」

横から麻衣が声をかけ、玲子が小さく頷く。

「それじゃ、直腸触診してみましょう」

「え？」

直腸触診という言葉を聞いた瞬間、孝太郎は口元をヒクヒクと引き攣らせた。

（肛門に指を入れて……調べるってこと？）

美人女医に、可憐なナースが二人。

年頃の少年にとっては臀部を見られるだけでも恥ずかしいのだが、大便をひり出す部分まで晒すことになるのだ。

今すぐにでも、この場から逃げだしたいくらいだった。

孝太郎が臆していると、となりに佇んでいた沙也香が消え入りそうな声で言い放つ。

「あの、先生。私……仕事に戻っていいでしょうか？」

もちろん、憧憬のお姉さんだけには無様な格好は見せたくない。

沙也香が気を使ってくれているのはわかったが、玲子の返答は無情なものだった。

「あなたも残ってアシストしてちょうだい。他の科の治療を見ておくのも、いい経験になるはずだわ」

医師の指示は絶対なのだろう。

沙也香はそれ以上何も言わず、やや困惑顔で唇を引き結んだ。

（か、勘弁してよ。まさか、真っ裸になるんじゃないだろうな）

その光景を思い浮かべただけで、背筋に冷たい汗が滴り落ちてくる。

孝太郎が立ち竦んでいると、玲子は椅子からゆっくりと立ちあがった。

「孝太郎君、診察台の上に乗って」

「あ、あの……ガウンは？」

「そのままでいいわ。乗ったら、四つん這いになってね」

玲子が目配せをし、沙也香が柔らかい指先を肩に添えてくる。

「さ、孝太郎君」

「……う、うん」

もはや覚悟を決めるしかない。

腹のあたりの鈍痛感はますますひどくなり、この状態がこれからも続くのかと思うと、とても耐えることはできそうにもなかった。

(仕方ない。しばしの辛抱だ)

沙也香の手を借りて診察台に這いのぼり、犬のような格好で待ち受ける。

ちらりと横目で様子をうかがった瞬間、孝太郎は目を剥かんばかりにギョッとした。

麻衣は持参したバッグから、円錐形の小さな瓶と薄いゴム手袋を取りだしている。

瓶に書かれた英文字を、孝太郎はじっと注視した。

（あれは何だ？　ワセ……リン。ワセリン？　確か、軟膏みたいなやつだよな）

おそらく、肛門に指を挿入するための潤滑油なのだろう。

ピチッピチッという音とともに、麻衣が両手にゴム手袋をはめていくと、孝太郎は縋るような視線を脇に佇む沙也香に向けた。

麗しのお姉さんも、初めての体験なのかもしれない。

明らかに、瞳に動揺の色を浮かべている。

不安感は、それだけにとどまらなかった。

驚いたことに、玲子も両手にゴム手袋をはめはじめたのである。

（ふ、二人で肛門に指を入れるの？　こ、壊れちゃうよ！）

孝太郎が全身をぶるっと震わせた直後、美人医師がやや甲高い声で指示を出した。

「篠崎さん、ガウンを捲りあげて」

「は、はい。孝太郎君、捲るね」

「……うん」

沙也香が臀部を覆う布地を、ゆっくりとたくしあげていく。さらっとした空気が双臀に触れると、孝太郎はみるみるうちに顔を紅潮させていった。

四つん這いの体勢で、三人の美女たちにお尻を凝視されているのだ。

何と屈辱的な体験なのだろう、まさに身を八つ裂きにされそうな羞恥だった。

「じゃ、いくわよ」

麻衣のかけ声とともに、玲子の両手が臀部にぴったりと張りつく。

「あっ‼」

尻朶が左右に割り開かれた瞬間、孝太郎は無意識のうちに小さな悲鳴をあげていた。

両足は閉じぎみだったが、菊門は余すことなくさらけ出されている状態だろう。

陰嚢の裏側も露わになっているはずだ。

沙也香は、麻衣や玲子から一歩離れた後方で様子を見届けている。

孝太郎が羞恥から腰をくねらせると、玲子はそれを阻止するかのように、臀部に添えた手に力を込めた。

「ワセリンを塗るわ。ちょっと冷たいけど我慢してね」

もはや返す言葉も出てこない。

孝太郎は顔を隠すように俯き、ただ黙って両目を固く閉じていた。

「ひ……ん‼」

放射線状の窄まりにひんやりとした感触が走り、大量のワセリンが塗布されているのか、肛門をほぐすようにまんべんなく塗りこまれていく。

生まれて初めて体感する未知なる感覚に、孝太郎は唇の端を震わせた。

背筋がゾッとするほどの違和感は覚えるのだが、決して不快という印象は受けない。それどころか、指が排泄口を撫で這うたびに、快感にも似た微電流が走り抜けていく。

(な、何だよ、これ。こんな変な気分を味わうのは初めて……だ)

思わず奥歯を噛みしめた直後、麻衣の指の先端がセピア色の秘肛を押し広げた。

「……あっ」

「足をもうちょっと広げて」

「あ、足を広げるんですか？」

「そうよ。力が入りすぎて、肛門が完全に閉じちゃってるわ。これじゃ、指を挿入するときに痛みを感じるわよ」

足を開脚すれば、睾丸はおろか、だらりとしたペニスまで見られてしまうかもしれない。それでも孝太郎は、痛みという言葉に敏感に反応した。

今の状況から逃れられないのなら、腹を括るしかない。

足をゆっくり広げていくと、麻衣のやや甲高い声が響き渡った。

「じゃ、入れるわよ」

「あ……くぅぅぅぅぅぅっ」

意識せずとも、低い断末魔の声が口から洩れてしまう。

潤滑油をたっぷりまぶしたゴム手袋越しの指が、小刻みに腸内へ埋没していくと、孝太郎は眉間に無数の縦皺を寄せた。

（い、痛い）

括約筋に、まるで錐を突き刺したかのような疼痛が走る。

「……固い。入り口付近がカチカチで岩みたいだわ。これじゃ、出るものも出ないはずよ」

麻衣の言葉を受け、玲子はさらに尻朶を左右に広げてアシストした。

「孝太郎君、大きく息を吐いて」

言われるがまま肺から息を吐きだすと、指が一センチ刻みで腸内に潜りこんでいく。

「か、かはぁぁぁぁぁっ！」

菊襞にニュルリとした感触が走った直後、孝太郎はニワトリの首を絞めたような声をあげた。

「指が根元まで全部入ったわ。これから腸の中をほぐすわね」

両目を閉じ、大口を開けたまま、身体をまったく動かせない。

魔の刻よ、早く過ぎてくれと、孝太郎はひたすら念じるばかりだった。

麻衣の指先が腸内を攪拌するように、ドリル状の回転をしはじめる。

大量のワセリンが功を奏しているのか、痛みはもういっさい感じない。

指に前後の動きがくわわると、再び裏の花弁に不可思議な感覚が生じはじめた。

ヌチュリヌチュリという粘着質な音を響かせ、指先が腸内粘膜を擦りあげる。

（あ、あ、あ。や、やばい！）

肛門括約筋に排泄時の心地いい感覚が走り、孝太郎は両目をカッと見開いた。

「だ、だめですっ！」

「え？　何がだめなの？　痛いの？」

「ち、違います。で……出そうなんですっ！」

「出やしないわよ。中は、まだ固いもの」

思わず金切り声をあげたものの、指が肛門から引き抜かれるたびに、排泄欲求は緩みなく増していく。

「ホ、ホントに出てないんですかぁ!?」

「出てないわ。だから、もっと力を抜いて」

麻衣の指が容赦なく禁断の場所を穿っていくと、徐々に不可思議な感覚より心地よさのほうが勝っていった。

（あぁっ。な、何だか……気持ちよくなって……きた）

肉門がほぐれてきたのか、指の律動が少しずつ範囲を広げ、スライドのピッチも上がっていく。次の瞬間、甘やかな性電流が、脊髄を稲妻のように駆け抜けていった。

「ふ……ん、むぅ」

口から出そうな熱い吐息を慌てて呑みこんだものの、肛門と腸内に生じた悦楽はますます高まるばかりだ。

（いったい、どうしちゃったんだよぉ。お尻の穴をいじられてるのに、こんなに感じるなんて。……ま、まさか、これって前立腺マッサージ？）

前立腺に刺激を受けると、本人にその気がなくても勃起してしまう、多大な快楽を得られるという話を聞いたことがある。

確かに麻衣は指を鉤状に折り曲げ、性器の裏側に位置するしこりを集中的に刺激しているように思えるが、それでも孝太郎にはまったく信じられなかった。

性的な昂奮をしていないにもかかわらず、大量の血液が海綿体になだれこんでいくのだ。

（う、嘘だろ？　直接、おチンチンを触られているわけでもないのに）

ペニスがムクムクと鎌首をもたげていく感覚は、孝太郎自身もはっきりと認識していた。

　こんな状況、はしたない姿で勃起姿を晒すわけにはいかない。

　必死に自制しようにも、麻衣の指先は、強引にペニスを勃たせるように前立腺を刺激していく。

　孝太郎は唇を噛みしめながら、自身の股ぐらを覗きこんだ。

　限界まで膨張した肉筒は下腹にべったりと張りつき、尿道口から先走りの汁が溢れでている。しかもそれは透明な糸を引き、小水のように途切れなくシーツに向かって滴り落ちていた。

　もちろん孝太郎にとって、こんな体験は初めてのことだ。

　こめかみの血管を膨らませ、爪が皮膚に喰いこむほど拳を握りしめたものの、快美感に包まれた下腹部には力が入らない。

　すでに白いシーツは大きなシミを作り、まるでお漏らしをしているかのようだった。

（あぁ、恥ずかしい。恥ずかしいよぉ）

　昂奮状態であることを知られたらと思うと、激しい忸怩から総身が打ち震えてしまう。横に視線を走らせれば、沙也香は驚きの表情を浮かべ、口を両手で覆っていた。

（気づいてる！　沙也香姉ちゃん、勃起してることに気づいたんだ‼）

咄嗟に顔を背けたものの、憧れのお姉さんに勃起姿を見られているという事実に、孝太郎の性感は一気に頂点を飛び越えていった。

「だいぶ、ほぐれてきたわ」

心の中で勘弁してほしいと哀願しても、麻衣の指のスライドは苛烈さを増すばかりだ。いやが上にも射精感は極限まで追いつめられ、屹立がビクビクといななきはじめる。

ストップの声をかけたくても、口がパクパク動くばかりで、喉の奥から言葉が出てこない。

瘧にでもかかったかのように全身が小刻みに震え、今の孝太郎はまさにあがき苦しんでいるかのようだった。

欲望の息吹が下半身を覆い尽くし、灼熱のうるみが深奥部で煮え滾る。

勃起が至高の射精に向け、激しいしゃくりあげを始める。

会陰を引き締めようにも、麻衣の指が肛門に挿入されているために力を込められない。

それ以上に今や身も心も、巨大な快楽の渦に呑みこまれたかのようだった。

「はぁぁぁっ。だめ……もうだめっ」

瞳の縁に涙を浮かべ、蚊の鳴くような声で口ごもるばかり。

果たして、美女三人の前で夥しい量の精液を放出する羽目になってしまうのか。

ダムに堰きとめられた水が一気にほとばしり出るように、淫欲のエネルギーが内から突きあげてくる。

（……出るっ、出るぅ）

顎を天井に向け、腰をぶるっとわななかせた瞬間、ひんやりとしたラテックスの感触がペニスを包みこんだ。

ゴム手袋越しの指が肉胴に巻きつき、根元をギューッと引き絞る。

（あっ⁉）

孝太郎が目を剥くと、玲子の冷ややかな声が聞こえてきた。

「だめよっ、こんなところで出しちゃ。我慢しなさい」

尿管を突っ走っていた精液が、一瞬にして陰嚢へと逆流していく。

射精を寸前で制された孝太郎は、あまりの狂おしさから身を捩らせたものの、すぐさま凄まじい羞恥心を込みあげさせた。

（玲子先生も知っていたんだ‼）

当然のことながら、真後ろにいる麻衣も気づいていただろう。それを証明するかのように、美人ナースは抑揚のない声で言い放った。

「恥ずかしがらなくていいのよ。これは、単なる生理現象なんだから」

再び沙也香に視線を向けると、孝太郎のあられもない姿を見ていられないのか、真っ赤にした顔を背けて両目を閉じていた。

「さあ、ここまでこなれたら、もう大丈夫なはずよ」

ようやく肛門から麻衣の指が抜き取られ、同時にペニスに絡まる玲子の指も離れていく。

「は……ふぅ」

孝太郎は深い吐息を放ったものの、勃起は鎮まる気配もなく、いまだ激しい昂りを示していた。

「玲子先生。孝太郎君のトイレ、私が付き添います。慣れてますし」

「そうね。そのほうが手っ取り早いわ」

もはや、麻衣と玲子の会話すら耳に届かない。

孝太郎は頭を朦朧とさせたまま、診察台の上に沈んでいった。

3

用を足し終えた孝太郎は、トイレ入り口の壁に背もたれ、惚けたように立ち尽くしていた。

腹の中の排泄物を全部出しきり、気持ちはすっきりとしている。

だが凄まじい緊張と羞恥の連続で、精神はくたくたの状態だった。

まるでマラソンランナーが完走したあとのように、精根尽き果てたという感じだ。

「孝太郎君、お待たせ」

手洗いを済ませた麻衣が、トイレから出てきて孝太郎を促す。

「大丈夫？　何かボーッとしてるけど」

「……だ、大丈夫です」

「ふふ、疲れちゃったかな？」

麻衣には前立腺を散々責められたあと、大の介助までされたのである。

気恥ずかしさから、まともに顔を見ることができない。

(浴室での手コキやフェラチオも気持ちよかったけど、お尻の穴の責め方もすごかった。男の性感ポイントを、すべて知り尽くしているみたいだ。こんなにかわいくて、普通っぽい顔をしているのに)

まさにプロフェッショナルなお姉さんという感じだったが、麻衣は孝太郎の初体験の相手でもある。大股を開き、秘園を見せつけていた光景を思いだした孝太郎は、ガウンの下のペニスをピクリと反応させた。

男根はすっかり萎靡していたが、性欲が深奥部で沸々と燻っているのか、下腹部全体がムズムズしている。

射精寸前まで追いたてられ、お預けを喰らったのだから当然のことだ。

「さ、行こうか」

「あれ？　病室はこっちですけど」

孝太郎が訝しむと、麻衣は微笑を浮かべながら答えた。

「診察室に戻るのよ。玲子先生、このまま腕のレントゲン写真を撮るからって」

「……あ、ああ。すっかり忘れてた」

「ふふっ。まだ頭が働いてないみたいね。一人で、ちゃんと歩ける？」

「はい」

「さ、玲子先生が待ってるわ」

孝太郎は麻衣のあとに続いたが、視線がどうしてもヒップに注がれてしまう。

肉厚という印象は受けなかったが、弾力感には富んでおり、尻肉全体がツンと上を向いている。

（スリムはスリムなりにいいよな。そう言えば……鼠蹊部のあたりの皮膚が薄くて、桃子さんのときと比べると、恥骨が当たるときの感触が気持ちよかった）

沙也香ひと筋という気持ちに変わりはなかったが、もう一度だけでもお相手してくれないかと考えてしまう。

男の生理に精通している麻衣なら、セックスにおいても、まだまだ巧緻を極めたテクニックを隠し持っているのではないか。

（や、やべっ！　勃ってきちゃった）

ガウンの奥の逸物が、グングンと体積を増していく。布地がもっこりと膨らみはじめると、孝太郎はギプス越しの両手で前をそっと覆い隠した。

欲望をたっぷりと溜めこんでいる肉茎は、決して収まる気配を見せない。

「失礼します」

麻衣の言葉にふと顔を上げると、いつの間にか診察室へと到着していた。

扉が開けられ、椅子に座る玲子の姿が目に映る。

沙也香は室内に見当たらず、どうやら自分の仕事に戻ったようだ。

（あ……診察台に敷かれていたシーツがなくなってる）

純白の布地は、大量の前触れ液で大きなシミを作っていた。

やはり、沙也香が持っていったのだろうか。

孝太郎が顔をカッと熱くさせた瞬間、カルテらしき書類を机に置いた玲子が、足を組みながら回転椅子を回した。

「ご苦労様。どうだったの？」

「あ、は、はい。おかげさまで、さっぱりしました」

頬を赤らめながら答えると、玲子は満面の笑みを見せた。

「そう、よかったわね」

メガネの奥の瞳が、再びきらりときらめく。その視線は孝太郎ではなく、明らかに麻衣に向けられていた。

横目で見遣ると、美人ナースは口角をやや上げ、小さくコクリと頷く。そして孝太郎に向きなおり、肩をポンと叩いた。

「じゃ、孝太郎君。また何かあったら、私がお手伝いしてあげるから。お大事にね」

何とも意味深な言葉だ。

頭をペコリと下げると、麻衣は微笑を湛えながら踵を返す。

(今の言い方だと、またエッチなことをしてくれるんじゃゃ……)

あらゆる妄想が脳裏を過《よぎ》り、股間のいきり勃ちにさらなる拍車をかけた。

診察室から出ていくお姉さんの後ろ姿を見つめていると、玲子が背中から声をかけてくる。

「それじゃ、腕のレントゲン写真を撮りましょうか？」

「は、はい」

慌てて玲子に目を向けると、ゾクッとするような冷笑が目を射抜く。

整った顔立ちの美人タイプだけに、圧倒されてしまいそうだ。

「あら？　どうしたの？」

「え？」

「お腹のあたりを押さえて。まだ調子が悪いの？」

「い、いや……その……」

「気になるわね。こっちにいらっしゃい。診てあげる」

「け、けっこうです」

両手を股間から離せば、勃起していることを嫌でも知られてしまう。

孝太郎が拒否すると、玲子は瞬時にして柳眉を逆立てた。

「遠慮することないわ。経過をちゃんと診るのは医師としての務めよ。いいから、こっちにいらっしゃい！」

ハスキーがかった低い声でたしなめられると、思わず両肩が竦んでしまう。

（……こ、怖い）

これ以上の拒絶はできそうにないと判断した孝太郎は、バツの悪そうな表情で歩んでいった。

「両手を外して」

股間からギプスを外すと、案の定、ガウンの布地は三角の頂を描いていた。

玲子はあくまで冷静な顔つきで、孝太郎の下腹部に細長い指を伸ばしてくる。

「ガウンの腰紐、解くわね」

「え？　解くんですか？」

「そうよ。お腹が張っているかどうか、診たいの」

躊躇する暇も与えず、美人女医は細長い指先で腰紐を解いていった。

（あっ⁉）

前合わせがハラリとはだけ、布地の奥からペニスが如意棒のように突きでてくる。

孝太郎が右手のギプスで股間を遮ると、玲子は落ち着いた口調で言葉を重ねた。

「手をどけて。これじゃ診察できないわ」

「あ、あの……」

「早くっ」

「はいっ！」

鶴の一声で、反射的に手をのけてしまう。

牡の肉は少しの萎靡も見せず、鋼のような硬さとともに、その存在感を存分に誇っていた。

（あぁっ。おチンチンが、玲子先生の顔に突き刺さりそうだ。は、恥ずかしいっ）

玲子は勃起にチラリと視線を走らせるも、すぐさま目を逸らし、腹部に手のひらを押し当ててくる。それでも彼女が、唇の隙間で紅色の舌を物欲しそうに蠢かせた仕草を、孝太郎は決して見逃さなかった。

「……うん、大丈夫。お腹は張ってないみたい」

「あ、ありがとうございました」

「ふふっ。お腹のほうはいいみたいだけど、今度はこっちのほうが我慢できないんじゃない？　ずいぶんとエッチなお汁、垂らしてたものね。シーツがビチャビチャだったわ」

「あ、あのシーツは、誰が……処理したんですか？」

「篠崎さんよ」

孝太郎は、思わず苦虫を噛みつぶした。

（や、やっぱり！）

可憐なお姉さんは、大きなシミを見て何と思っただろう。

不可抗力という麻衣の言葉を、本当に信じてくれているだろうか。

複数の女性の前ではしたなく勃起し、淫液を垂れ流す変態少年というレッテルを貼られてしまったのではないか。

孝太郎が口元を歪ませたとたん、突然股間に甘ったるい感覚が広がった。

玲子が指先で、亀頭部をそっと摘まんだのである。

「あ、く……っ」

「すごいわぁ。若い男の子のおチンチンって、まるで鉄の棒みたい」

美人医師は首を左右に傾げ、ペニスの形状と量感を確認してくる。そして上目遣いに見あげながら、囁くように問いかけた。

「もう我慢できないんじゃない？」

「そ、それは……」

これだけグラマラスな大人の女性を前にしているのだ。

本音は、今すぐにでも放出したい。

もっとはっきり言えば、玲子とセックスがしたい。

孝太郎は喉をゴクリと鳴らしながら、眼下を見下ろした。

マスクメロンを忍ばせたような豊乳はやたら生白く、黒いインナーの上縁から胸の谷間をこれでもかと見せつけている。

タイトスカートが腰にぴっちりとまとわりつき、中央のスリットから覗く奥の暗がりが何とも悩ましい。

ストッキング越しの、むっちりとした太腿を見ているだけで心が妖しく騒いだ。

(す、すごい身体っ!)

元人妻はいったいどんな淫猥な行為をしてくれるのか、そしてどんな凄まじい乱れ姿を見せるのか妄想してしまう。

それでも孝太郎は、頭の中から沙也香の面影を消すことはできなかった。

告白の決意を固めた以上、玲子とまで淫らな関係を結んだら申し訳が立たない。

「私が……満足させてあげましょうか?」

「で……でも」

牡の本能が理性を蝕みはじめているのか、孝太郎は玲子の誘いにははっきりとした意思表示ができなかった。

（ちゃ、ちゃんと断らないと……あ、くぅぅっ！）

亀頭の部分を優しくこねくり回され、強烈な電流を流されたかのような快美が駆け抜けていく。

「はぁぁぁっ」

熱い溜息を放った孝太郎は、すでに両肩で喘いでいた。

足が小刻みに震え、心の中で情欲と射精願望が夏空の雲のように膨らんでくる。

「だ……だめ……ですっ」

すんでのところで理性を保ち、拒絶の言葉を告げると、玲子はさも心外そうに目を見開いた。

「あら？　富永さんとはエッチしておいて、私とはできないって言うの？」

「えっ⁉」

一瞬にして我に返った孝太郎は、舌をもつれさせながら問い返した。

「だ、だ、誰から聞いたんですか？」

「誰からって、富永さん本人よ。すごかったんですってね。彼女をベッドでM字開脚させ、ガンガン突いたらしいじゃないの」

誘ってきたのは、麻衣のほうである。

ずいぶんと脚色が入っているようだが、それ以上に気がかりだったのは、彼女が他のナースたちにも吹聴しているのではないかということだ。

慌てた孝太郎は、深く考えもせずに再度問いかけた。

「ま、まさか、そのこと沙也香姉ちゃんは？」

「えっ？　篠崎さん？」

しまったと思っても、あとの祭り。

玲子は不思議そうな顔をしたあと、すぐさま意味深な笑みを浮かべた。

「たぶん知らないと思うけど……ふうん、そうなの。そう言えば篠崎さんから、あなたと彼女が幼馴染みだっていう話は聞いていたわ」

「いや……あの……それは」

どうやら玲子に、沙也香への恋慕を見抜かれてしまったようだ。

孝太郎が額に脂汗を滲ませると、玲子はさらなる追い打ちをかけてきた。

「篠崎さんが聞いたら、何て言うかしら？」

「へ？」

「もしかすると、幻滅しちゃうかもね。私、こう見えても口が軽いの」

「そ、そんな……」

クールな外見とは裏腹の脅し文句に、本気で泣きそうになってしまう。その直後、肉胴が柔らかい指腹で軽くしごかれ、ペニスは条件反射のように脈打った。

「ふふっ。もう観念しなさい。出したいんでしょ？」

「あ、あの……」

「おチンチンの皮……剥いてあげる」

「……へ？」

「お口で根元まで目いっぱい剥き下ろして、たっぷりとおしゃぶりしてあげる」

グラマー女医が潤んだ瞳で、囁くように淫靡な言葉を投げかけてくる。

脳幹を刺激された孝太郎は、総身を粟立たせ、腰をブルッと震わせた。

「そのあとは私のおマ○コの中に入れて、エッチなミルク、たくさん搾り取ってあげるわ」

「はぁぁぁぁっ」

何て、いやらしいことを言うのだろう。

淫猥な言葉の一つ一つが、性欲旺盛な少年を一気に快楽の世界へと引きずりこむ。

孝太郎が喘ぎながら腰を折ると、玲子は椅子からすっくと立ちあがった。

4

美人医師が見せつけるように、白衣をゆっくりと脱ぎ捨てていく。

官能的なカーブを描く身体の稜線を目にした瞬間、孝太郎は生唾をゴクリと呑み干した。

たわわに実った乳房、蜂のように引き締まったウエスト、そして横にパンと張りだした腰回り。

黒いインナーやタイトスカートは身体にぴっちりと張りついていたが、考えてみれば、玲子はいつも白衣を着ていたのである。

豊かなボディラインは想像していたものの、まさかここまでグラマラスだとは思ってもみなかった。

背が高く、足も長い外国人ばりのスタイルは、惚れ惚れとしてしまうほどだ。

クールな容貌と眼差しが、まさに女王様然とした雰囲気をこれでもかと放っていた。

玲子が両手を交差させ、黒いインナーの裾をたくしあげていく。

美人医師の脱衣姿を、孝太郎は瞬きもせずに注視していた。

花柄のレース模様をあしらった、妖艶なランジェリーが視界に飛びこんでくる。

（く、黒いブラジャーだ！）

漆黒の下着は、十八歳の少年にすかさず娼婦をイメージさせた。

ブラジャーは、ハーフカップだろうか。

たぷたぷとした、いかにも柔らかそうな上乳の弾力感がたまらない。

玲子は脱いだインナーを椅子の背もたれにかけると、今度はスカートのジッパーを引き下ろしていった。

腰を左右に揺らしながら、ヒップにまとわりついた黒い布地が下ろされていく。

次の瞬間、孝太郎は顎が外れたかのように口を大きく開け放った。

（ガ、ガーターベルトだっ!!）

ウエストに総レースのガーターベルトを装着し、垂れ幕のように伸びた羽根付きのストラップで、ストッキングの上部にある編み地を留めている。

布地面積の異様に少ないショーツは、Tバック仕様のようだ。

上から下まで黒で統一されたセクシーランジェリーは、まさに成熟した大人の女性を演出していた。

黒い布地と白い肌とのコントラストが、やけに悩ましい。

特に太腿の生白さと、プディングのようなプニプニ感は垂涎ものだった。

玲子が腰に両手をあて、まるでモデルのようなポーズで微笑を浮かべる。

（カ……カッコいいなぁ）

孝太郎自身、身体がそれほど大きくないだけに、セクシー女医が見せるダイナマイトボディに圧倒されてしまう。

「ふふっ、おチンチンがピクピクしてる」

股間を見下ろすと、肉槍は腹につくほど隆々と聳え立ち、先割れから滲みでた前触れ液は早くも床に向かって透明な糸を引いていた。

孝太郎が恥部を手で隠そうとした瞬間、玲子が大股で歩み寄り、ペニスの根元を右手でギュッと握りこむ。そして床に跪くと、肉厚の唇の隙間から「はぁぁぁっ」と、熱い溜息を洩らした。

同時に赤い舌が突きだされ、勃起を手前にグイッと引き寄せられる。

「あっ！」

ふいをつかれた孝太郎が小さな悲鳴をあげた瞬間、怒張はグラマー女医の口腔へとあっという間に呑みこまれていた。

「は……ンぅぅぅむっ」

鼻からくぐもった吐息を洩らしながら、濃厚なフェラチオが展開される。

「あうっ！」

包皮が雁首で反転し、敏感な宝冠部にピリリとした疼痛が走った。

扇情的な唇が捲れあがり、瞬く間に唾液で妖しく濡れ光る。玲子は両頬をペコンとへこませ、しょっぱなから凄まじいばかりの吸引力で肉筒を舐りあげた。

まさにペニスが、根元からもぎ取られそうなほどの口淫奉仕だ。

ジュプジュパッと、甲高い吸茎音が室内に鳴り響くと、孝太郎は切な顔で天井に顎を向けた。

（あぁ、す、すごいや。おチンチンが……溶けちゃいそう）

勃起が生温かい唾液の海に泳がされ、柔らかい唇と口腔粘膜で肉胴をしごきあげられる。

口の中を真空状態にさせているのか、ペニスにぴったりと張りついてくるようだ。

さらに玲子は抽送を繰り返しながら、舌を器用にくねらせ、雁首に巻きつかせてきた。

さすがは元人妻だけに、フェラチオに関しては麻衣よりも一日の長がある。

経験の浅い少年が、とても堪えきれるような口戯ではなかった。

「ふぅンっ……ンっ……ンっ！」

男根を口から引き抜く際、根元に添えた右指を孝太郎の腹側へ押しだし、包皮を目いっぱい剥き下ろす。

薄皮と化した肉胴に唇を滑らせ、ビデオの早回しのように顔を前後に打ち振る。

唾液が口内で跳ねあがる、シャグシャグッという、リズミカルな音が何ともいやらしい。

「あ、あ……で、出ちゃいます」

孝太郎は目尻に涙を溜め、早くも射精の兆候を訴えた。

下半身は甘美な疼きに包まれ、括約筋がひくつきを繰り返す。

このまま激しい口戯を続けられたら、間違いなく口内に発射してしまうだろう。

ところが玲子は抽送のピッチを緩めず、さらに顔を左右に揺らし、勃起を口の中でローリングさせた。

「あ……ひっ！　だめ……だめですっ！」

ペニスの先端が、喉の奥でキュッキュッと締めつけられる。

(あぁあっ、な、何てテクニックを!?)

雁首ごと刺激を受けた男根は、熱い脈動を打ち、滾る欲望を排出口に向かわせた。

「出ちゃう、出ちゃう！　ホントに出ちゃいます!!」

臀部を強ばらせた瞬間、孝太郎は玲子の口中へ大量の樹液をほとばしらせていた。

「ンっ……ンぅっ」

ようやく玲子の顔の動きが止まり、眉間に無数の縦皺が寄る。

孝太郎は恍惚の表情を浮かべ、膝をがくがくと打ち震わせた。

放出は一度だけにとどまらず、二度、三度と、熱い飛沫を美人医師の喉奥に打ちつけている。

十回近くは、しゃくりあげただろうか。

ようやく吐精が終焉を迎えると、玲子は静かに目を開き、右指を口元に添えながら、ゆっくりとペニスを口から引き抜いていった。

上目遣いに、孝太郎を見つめる瞳がしっとりと濡れている。

両肩で喘ぎながら見下ろしていると、美人医師は顎をクンと突きあげ、白い喉を緩やかに波打たせた。

（あ……あ。の、呑んじゃった）

フェラチオばかりか、まさか精液まで嚥下してくれるとは予想だにしなかった。

まさに男冥利に尽きるというものだが、あまりの光景に呆然とするしかない。

孝太郎が放心していると、玲子はうっすらとした笑みを湛えながら立ちあがった。

「やっぱり若い男の子って、量も多くて濃いのね。こんなにたくさん出すなんて思わなかったわ。さ、こっちに来て」

大量射精した直後だけに、まだ思考回路が働かない。焦点の合わない目で立ち尽くしていると、玲子は孝太郎の手を取り、診察台へと導いた。

唾液にまみれた男根は、いまだ屹立状態。苛烈な刺激を受けて赤黒く膨れあがった逸物が、反動で左右にぷるんと震える。

「すごいわぁ。まだこんなになってるなんて。さ、仰向けに寝て」

玲子の手を借り、診察台の上に寝転がる。

このあとは、セクシー女医との甘美な情交が待ち受けているのだろうか。

視線を横に振ると、玲子はブラジャーを外し、大振りのヒップをくねらせながらショーツを引き下ろしていた。

（や、やっぱり！）

たわわな量感を誇示するように、ぷるんと揺れる乳房とヒップ。

大きな期待感から、怒張がビクビクと脈打つ。

ガーターとストッキングだけの姿になった玲子は、物欲しげな視線を向けると、女豹のように診察台の上に這いのぼり、直立不動の体勢で孝太郎の顔を跨いだ。

（あ、ああっ！　玲子先生のおマ◯コだっ!!）

蕩けるような脂肪をたっぷりとまとわせた内股の付け根には、こんもりとした楕円形の盛りあがりが見て取れる。

やや濃いめの恥毛の下、赤貝のような合わせ目がひっそりと息づき、その中心部はキラキラと妖しい光源を放っていた。

胸が狂おしいほど締めつけられ、堪えきれない淫情が込みあげてくる。

もっと間近で見たい。秘園の匂いを胸いっぱいに嗅いでみたい。そして舌と唇で、花弁の味と感触を思う存分堪能したい。

少年の浅ましい欲望など先刻お見通しなのか、玲子は冷ややかな笑みを浮かべた。

「見たい？」

一瞬、沙也香の顔を思い浮かべたものの、深奥部から突きあげてくる牡の本能をどうしても自制できない。

（沙也香姉ちゃん、ごめん！）

孝太郎は心の中で憧憬の君に謝罪すると、ウンウンと頷いた。

「ふふっ」

美人医師が含み笑いを洩らし、両膝に手をあてて、腰をゆっくり落としていく。

同時に両足を蹲踞のように開脚し、成熟した恥肉を余すことなくさらけ出した。

（あ、見える。玲子先生のおマ○コが、はっきり見えるぞ！）

さすがは大人の女性だけに、麻衣や桃子と比べると、花びらが肥厚して外側に大きく捲れあがっている。

陰核もすでに肉鞘が剥きあがり、米粒大のピンクの真珠を露わにさせていた。

三十センチ、二十センチ、十センチ。くっきりとした女肉の造花が、鼻先に近づいてくる。とたんに湿り気を帯びた熱気が頬にムアッとまとわりつき、南国果実のような淫臭が鼻孔を突いた。

ふしだらな女の匂いが、男の性感をこれでもかと刺激してくる。

ぱっくりと開いた淫裂のあわいからは、紅色の粘膜が覗き、ひくひくと蠢きながら透明な淫汁を滲みださせていた。

「やだ……おマ○コから、エッチなお汁が垂れそう」

鼻にかかった吐息混じりの言葉を聞いているだけで、白濁の散弾が発射台に装填されそうだ。

一度放出したばかりにもかかわらず、孝太郎の逸物は早くも完全勃起を晒していた。

「もっと近くで見たい？」

「見たいですっ！」

熱く潤んだ秘所はもう目と鼻の先、思わず荒い息を吐いた瞬間、玲子は腰をブルッと震わせ、とろんとした顔つきに変貌した。

「ああ、だめよ。息を吹きかけちゃ」

淫裂に滴った愛液は、今にも糸を引いてこぼれ落ちてきそうだ。

「どう？　いい匂い？」

セクシー女医はヒップを微かにくねらせ、スリットを孝太郎の鼻先に擦りつける。

やや獣臭の混じった甘酸っぱい芳香が脳幹を突き抜けた瞬間、怒張はさらなる膨張を示し、下腹にぴったりと張りついた。

「い、いい。いい匂いですっ！」

「あぁ、いやらしいわ。患者の男の子に、おマ◯コの匂い嗅がせるなんて。私って、いやらしい女でしょ？」

孝太郎はただ肩で喘ぐばかり。返答の代わりに舌を伸ばし、熟れた桃のような恥肉をペロリと舐めあげた。

「はぁぁぁぁンっ」

玲子は眉をひそめ、艶っぽい嬌声をあげたあと、手ずから乳房を絞りあげる。そして待ちきれないかのように、熱化した秘部を孝太郎の鼻と唇に押しつけた。

「ん……んむぅぅっ」

ぬめった秘裂が前後にスライドするたび、鼻がひしゃげ、唇が捲りあげられる。芳醇な香りを吸いこみながら、孝太郎は口中に滴り落ちてくる甘い女蜜を喉奥に流しこんでいった。

「あぁぁっ。いい、いいわぁ」

むちむちのヒップをくねらせ、ボリューム感いっぱいの陰核を押しつけ、美人医師が自ら性感を煽りたてていく。

「気持ちいい。おマ○コ、気持ちいい。あ、そこ！　クリちゃんを舐めて」

玲子は豪奢な肉体を揺すり回し、淫語を盛んに連発していた。

彼女の言葉を聞いているだけで、すぐにでも絶頂への階段を昇りつめてしまいそうだが、孝太郎は必死に耐えながら柔らかい肉びらの感触を堪能していた。

本能の赴くまま、女体にさらなる快感を与えるべく、唇と舌を突きだして愛液を啜りあげる。

腰の動きが熾烈さを増していくと、玲子は悲鳴に近い嬌声をあげた。

「もうだめっ！　私、我慢できないわ。診察台から下りて！」

「え？」

「後ろから、後ろから突くの」

てっきり騎乗位の体勢で結合すると思ったのだが、彼女はよほど後背位が好きなようだ。口の周りを愛液と唾液でベトベトにさせたまま、孝太郎が診察台から下り立つと、美人医師はそのまま四つん這いの体勢になった。

「早く。早くぅぅっ」

甘ったるい声で、おねだりをするように腰をくねくねとくねらせる。

言われなくても、孝太郎の欲望も限界寸前。診察台の後ろ側に回り、ギプス越しの両手で大きなヒップを抱えこんだ。

(す、すごい大きなお尻っ!!)

急カーブを描くヒップは、まるで大振りのスイカを二つ並べたようだ。

熟脂肪をたっぷりと詰めこみ、まさに迫力満点だった。

不自由な両手で、果たしてまともな抽送ができるのだろうか。

臀裂の下方には、二枚の合わせ貝が男根の侵入を歓迎するようにひくついている。

張りつめた尻肉があまりに小高く、ペニスが膣口まで届くのか不安を覚えてしまう。

「入れて！　入れてぇっ!!」

玲子にせっつかれた孝太郎はやや中腰になり、下から突きあげるような格好で腰を送りだした。

切っ先にヌルヌルの粘液が絡みつき、ペニスがまるで手繰り寄せられるように膣奥へと埋没していく。

「ふ……ぅぅぅぅぅンっ」

「ぬ、ぬぅぅぅぅっ」

四方八方から媚肉がキュンキュンと収縮し、亀頭から根元までうねるように男根を揉みこんでくる。

(あ……あ。おマ○コの中がしっぽりしていて、とろっとろだよ。まるで別の生き物みたいにくねって、おチンチンを締めつけてくる)

雁首、胴体、根元と、こなれた柔肉の三段締めに、孝太郎は目を剥いた。

同じ膣洞でも、若い女性と成熟した女性ではこうも違うものか。

膣壁全体は粘着質で、蛸の吸盤のようにペニスに張りついてくる感触がたまらない。

それでも大きなヒップが邪魔をし、勃起は根元までしっかりと埋めこまれていなかった。

(ど、どうしたらいいんだ)

両手が使えれば、尻肉を左右に割り開き、結合部を剥きだしにさせることができるのだが、ギプスをしていたのでは不可能だ。

孝太郎がうろたえていると、玲子は自ら大振りなヒップを前後左右に揺すり回した。

「は、ンっ。気持ちいい。孝太郎君も動いて」

「……は、はい」

迫力溢れる双臀の動きに合わせ、ぎこちない腰の律動を開始する。

(これなら、こっちの負担も少なくて済むぞ)

最初はヒップの蠕動にタイミングが合わなかったが、徐々にシンクロしはじめると、ペニスが根元まで埋没し、快感がより増幅されていった。

ねとねとの恥液が溢れでているのか、肉筒にねっとりと絡まり、スライドのたびに、尿道口が火箸でも押し当てられたようにひりついてくる。

孝太郎は口元を引き攣らせ、射精を堪えることで精いっぱいだった。

一度放出しているとはいえ、ヒップの激しいピストンが性感を昂らせていく。

「あンっ！　いいっ、おマ○コいい‼」

絶頂への螺旋階段を着実に昇っているのか、玲子はソプラノの声をあげ、尻朶の表面を孝太郎の下腹にバチンバチンと打ちつけていた。

（あぁ、お尻の表面がものすごい波打っている。こんなに動かされたら、またイッちゃうよっ）

前歯で下唇を噛みしめた瞬間、玲子は突然意外なセリフを放った。

「私、いやらしい女でしょ⁉」

「……え？」

背中を白蛇のようにくねらせながら、グラマー女医が切なげに問いかける。

「いやらしいの！　いつも淫らなことばかり考えてるのよ。いやらしい女だって言ってっ！」

「は、あの……」

「言って‼」

予想外の展開に面食らいながらも、再度促されると、孝太郎は閉じていた口を開いた。

「い、いやらしい女だ」

「あぁぁぁぁぁっ」

棒読みセリフはまったく迫力がなかったが、それでも玲子の性感を刺激したようだ。

ヒップをガクガクとわななかせ、ガラス窓が響くほどの甲高い嬌声をあげた。

「もっと、もっとはしたない言葉でののしって!!」

ヒップの動きは緩むことなく、熾烈さを増すばかりだ。

このままでは、射精間近なのは目に見えている。

孝太郎は腰のピッチを落とし、喉の奥から精いっぱいの声を絞りだした。

「お、おマ○コがスケベ汁で……ビチャビチャだぞ。い、淫乱な女めっ！」

「は、はぁぁぁぁンっ。そうなの、私は淫乱なのっ。白衣の下で、いつもおマ○コをグチョグチョに濡らしてるのっ！」

玲子は嗚咽混じりの声で、自らの性癖を訴える。

ゆったりとした抽送を繰り返しつつ、孝太郎はぽかんとした顔つきをしていた。

(ひょ……ひょっとして、玲子先生って、マゾ？)

ふだんの凛々しい姿からは、まったく想像できない。

眼鏡の奥から覗く切れ長の目、冷静沈着な性格は、どこから見てもサディスティックな女王様タイプだと思っていた。

逆に真面目そうな麻衣、ベビーフェイスの桃子が責めタイプなのだから、女というものはわからないものだ。試しにギプスで尻朶をパチーンと張ると、玲子は上体を弓なりに反らせ、「ひっ！」という悲鳴を轟かせた。

快美が全身に飛び火しているのか、肌の表面が波打つように震え、すでに美人医師もエクスタシー間近なのか、ヒップをこれ以上ないというほど大胆に揺すり回した。

（あっ……くぅ）

しばし停滞していた欲情が息を吹きかえす。さらに湧出した愛蜜をペニスにまとわせながら、肉厚な媚肉が縦横無尽に男の肉を嬲りまわす。

「は、は……だめっ。イ、イキそうですっ」

孝太郎が我慢の限界を訴えると、玲子はヒステリックな金切り声をあげた。

「イクときは言って！　中に出しちゃだめよっ!!」

そう言いながら、まろやかなヒップをグリンと回転させる。

次の瞬間、脳幹に白い閃光が貫き、甘美な電流が一気に全身へ伝播していった。

「イクっ……イクぅぅぅっ」

孝太郎が顎を天井に向けた瞬間、玲子は抜群のタイミングでペニスを抜き取り、身体を素早く反転させた。

しなやかな指が、愛液で白蝋のようになった男根をぐっと握りしめる。そしてぽってりとした唇に亀頭を押し当て、上目遣いで見あげながら、猛烈なスピードで肉胴をしごきたてていった。

当然のことだが、このままでは玲子の顔に発射してしまう。

孝太郎は瞳に動揺の色を走らせ、すぐさま臀部の筋肉を強ばらせた。

玲子の指の抽送は、まるで一刻も早い射精を促すようにピッチを増すばかり。

眼鏡の奥の潤んだ瞳でじっと見据えられると、孝太郎は苦悶に顔を歪めた。

「れ、玲子先生。そんなにしごいたら……出ちゃいます」

「出してっ！　たくさん出して!!」

「だって……顔に、眼鏡にかかっちゃいますぅっ」

子供のような泣き顔で訴えると、玲子は指先を雁首に引っかけながら咆哮した。

「かけてっ！　私を穢してぇっ!!」

「あぁぁぁぁぁっ！」

筋肉が溶解するような肉悦に包みこまれた孝太郎は、自制の結界を自ら崩落させた。

ぶわっと膨らんだ亀頭の先端から、二回目とは思えない精汁が噴出する。それは計ったかのように、眼鏡のレンズにほとばしった。

二陣目、三陣目の樹液が、尾を引きながら美人医師の顔を穢していく。

端正な容貌が、白濁に塗り固められていく様は凄まじく淫猥だ。

ようやく吐精が途切れがちになると、玲子は「はあぁぁっ」という熱い溜息を放ち、牛の乳搾りのように、肉茎を根元からしごきあげていった。

尿管内の残滓がピュッと跳ねあがり、玲子の頭を飛び越える。

「あ……ンっ」

少年の逞しい射精がよほどうれしいのか、セクシー女医は満足感たっぷりの笑みを見せたあと、ひくつくペニスを再び口腔に招き入れていった。

「う……ぐぅ」

ねっとりとしたお掃除フェラが、二度目の快美感を込みあげさせる。

ありったけの精液を射出させた孝太郎は、凄まじい脱力感に襲われた。

玲子は舌で清めたペニスを口から抜き取ると、指先にまとわりついた白濁を生クリームのようにペロペロと舐めあげている。

(な、何て……何てエッチなんだ)

セクシー女医の淫乱姿を網膜の裏に焼きつけながら、孝太郎はただ両肩で喘ぐばかりだった。

診療室の扉の向こうで、新品のシーツを手にした沙也香が泣き顔で佇んでいることも知らずに……。

第五章　純情ナースの過激コスプレ

1

翌朝、孝太郎は昂る気持ちを必死に抑えていた。

沙也香に告白する決心を固めた以上、一刻も早く自分の思いを伝えたい。

ただひとつの不安は、四つ年上の彼女と釣り合いが取れるのかということだったが、麻衣や桃子、玲子との度重なる性体験から、少なからずリードできるのではないかという自信が芽生えはじめていた。

結果はどうあれ、一生に一度とも思える、このモテ期を利用しない手はない。

幸いにも怪我の経過も良好で、退院時期も予定より早まりそうだ。

(もし沙也香姉ちゃんが受けてくれたら、本格的な交際は退院してからということになるんだろうけど、やっぱり告白するには、誰もいない時間帯の屋上が一番手頃な場所かな。ようし。沙也香姉ちゃんが来たら、さっそく散歩に連れだしてもらうぞ)

孝太郎はやや緊張の面持ちで、沙也香を待ち受けた。

（それにしても……昨日の玲子先生はすごかったなぁ）

濃厚なフェラチオ、顔面騎乗、そして立ちバック。マゾ気質を見せながら、成熟した大人の女性は淫らな裏の顔をたっぷりと披露してくれた。

思いだしただけで、股間に熱い血液が集中してしまう。

沙也香との交際に思いを募らせる一方、玲子たちからの甘美なレッスンも受けたいと考えるのは、やはり調子がよすぎるだろうか。

「それにしても……遅いな」

日勤の日の沙也香は、いつも午前中に一回は必ず様子を見に来てくれるのだが、この日はオバさん看護師が朝食の世話をしてくれた以外、病室の扉が開けられることはなかった。

時計の針は、午前十一時を過ぎようとしている。

（他の仕事で忙しいのかな。……やばい。おしっこ、したくなってきちゃったよ）

小用を我慢しながら告白するのもいただけない。孝太郎がナースコールに視線を向けた瞬間、ドアがノックされ、沙也香がようやく姿を現した。

「あ、沙也香姉ちゃん。今日は遅かったね」

「……うん、ごめんね。ちょっと忙しくて。枕カバーを替えるから、ちょっと起きてもらえる？」

「う、うん」

待ちに待った憧れの君の登場に、喜々とした孝太郎だったが、すぐさま怪訝な顔つきに変わった。

今日の沙也香はどこか元気がなく、少しの笑みも見せない。何か悩み事でもあるのか、事務的にテキパキと動き、視線すら合わせようとはしなかった。

「忙しいのかぁ。じゃ、今日は散歩のほうは……」

「他の看護師さんに頼んでおくわ」

「いや、それならいいんだ。今日はそういう気分じゃないし。……そうだ。沙也香姉ちゃん、昨日玲子先生にレントゲン撮ってもらって、骨折の経過がいいらしいんだ。これなら退院も早まりそうだって」

「そう。今日も元気そうだものね」

沙也香の態度はいやに素っ気なく、言葉もどこか嫌味を含んでいるように思える。

「どうしたの？　何かあった？」

「……別にないわ。ちょっと疲れているだけ」

心配げに問いかけると、沙也香はようやく弱々しい微笑を浮かべた。

人の命に関わる仕事ということで、当然気苦労はあるだろうし、ナースはまた不規則な生活をしている。

学生の孝太郎にはわからない、精神的な疲労もあるのだろう。

(告白は、明日に延ばしたほうがいいかも……)

出鼻をくじかれ、ガックリと肩を落とした孝太郎だったが、今度は膀胱が限界を訴えはじめた。

「あの……」

「え?」

「おしっこ、したいんだけど……」

「そう、わかった」

沙也香は当然のことことばかり、ベッド下から尿瓶を取りだす。

孝太郎は瞬時にして慌てた。

「あ、オバさんのナースを呼んでほしいんだけど」

「いつまでも恥ずかしがってないで。これも仕事のうちだって言ったでしょ?」

「……は、はい」

今日の沙也香は口調もきつく、やはりいつになく不機嫌だ。

（まあ、人間だし、機嫌の悪い日もあるよな。おチンチン見られたあとに告白なんて、カッコつかないし、かえってよかったのかも）

パジャマのズボンとトランクスを下ろされ、縮こまったペニスが露わにされる。

（何度体験しても……やっぱり恥ずかしいや）

それでも尿瓶の口をペニスの先端に入れられたとたん、猛烈な尿意が催してくる。

沙也香がタオルケットで股間を隠した直後、チョロチョロと小水の排出する音が響き渡った。

沙也香はややそっぽを向き、聞こえないフリをしている。

孝太郎は、彼女の容貌を横目でちらりと見遣った。

百万ドルの笑顔も魅力的だが、ツンとした表情もまたかわいい。

心をキュンとときめかせた孝太郎は、尿意が失せていくと同時に、淫らな妄想を思い描いていった。

入院してから、年上のお姉さんナース、グラマラス女医から受けた数々の行為。

沙也香も同じことをしてくれたらと考えただけで、股間の逸物はグングンと鎌首をもたげていった。

（あ……や、やばい。昨日、あんなにたっぷり出したのに）

孝太郎が口元を歪ませた瞬間、排尿の音がやみ、沙也香がタオルケットを捲りあげる。次の瞬間、麗しのお姉さんは眉をひそめ、一瞬にして口をへの字に曲げた。

まだフル勃起こそしていないものの、海綿体には大量の血液が流れこみ、いまだ膨張を続けている。

沙也香は尿瓶をペニスから抜き取り、やや目元を染めながら床に置いた。

ゆったりと起伏するバストの膨らみが、少年の性的昂奮を促す。

憧憬の君と早く結ばれたい。

ヴィーナスの裸体を、この目に焼きつけたい。

愛情よりも性欲を募らせた孝太郎は、小鼻を膨らませながら口を開いた。

「さ……沙也香姉ちゃん」

「何?」

「お、俺……我慢……できないよ」

「我慢できないって、今したばかりでしょ?」

沙也香は相変わらずニコリともせず、パンツをあげようと、パジャマに手を伸ばしてくる。全身の血を沸騰させた孝太郎は、甘えるような猫撫で声で懇願した。

「そっちの我慢じゃなくて、わかるでしょ? あの……その、手で……」

口ごもりながら告げると、沙也香は孝太郎の顔を見据え、初めてにっこりと笑った。

（おおっ！　沙也香姉ちゃん、本当にしてくれるの？）

白魚のような手が勃起にゆっくりと近づき、あまりの期待感から胸が小鳩のように震えてしまう。

ペニスがビクビクと頭を振った瞬間、パチーンという甲高い音とともに、剥きだし状態になっていた下腹に激痛が走った。

「あ、つうぅぅぅぅぅっ！」

「病院は風俗じゃないんだから！　そんなにエッチなことしたいんなら、他の人にしてもらって！」

沙也香は目を吊りあげ、一転して表情を強ばらせている。

こんな怖い彼女の顔を見るのは初めてのことだ。

調子に乗りすぎたと反省しても、もはやあとの祭り。

沙也香はテキパキと帰り支度を整え、一度も振り返ることなく、無言のまま病室から出ていく。

その後ろ姿を、孝太郎はいたたまれない気持ちで見つめていた。

2

沙也香は次の日の夕方を過ぎても、病室に姿を現すことはなかった。

今日の彼女は日勤のはずだが、欠勤以外で顔を合わさないのは初めてのことだ。

病院は風俗じゃない。他の人にしてもらって――。

沙也香の放ったセリフが、今でも頭の中を駆け巡っている。

(手でしてなんて言ったら、そりゃ怒るのは無理ないと思うけど、だったら……他の人にしてもらってって、どういう意味なんだろ?)

桃子に夕食の介助を受けながら、孝太郎は壁時計をちらりと見遣った。

時計の針は、すでに午後六時過ぎを指し示している。

「あの……桃子さん」

「ん、何?」

ベビーフェイスのナースは、あどけない笑顔を向ける。

孝太郎はしばし間を置いたあと、ややためらいがちに言葉を連ねた。

「今日は……篠崎さん、休みなんですかね?」

「沙也香先輩? 来てるよ。今日は通常の日勤だから、五時にはあがってると思うけど」

桃子は答えながらも、なぜか気まずそうに視線を逸らす。

孝太郎は、彼女の顔色の変化を敏感に察知した。

「彼女……忙しいんでしょうか？」

「え？　どうして？」

「だって……病室に全然顔を見せないから」

「あ、う、うん。確かに今日は、忙しかったみたいね」

瞳がキョトキョトと左右に泳ぎ、明らかに動揺しているようなそぶりだ。

孝太郎は真剣な顔つきに変わると、はっきりとした口調で問いただした。

「何か知ってるんですね？　昨日から篠崎さんの態度がおかしいから、変だとは思ってたんです」

「そ……そんなこと」

桃子は急に落ち着きがなくなり、そわそわと肩を揺すった。

彼女は屋上の一件から、孝太郎が沙也香に対して恋心以上の思いを抱いていることを知っているはずだ。

「桃子さん！」

孝太郎が語気を荒らげると、桃子は観念したように、「はあっ」と深い溜息を洩らした。

「……ごめん。沙也香先輩に聞かれちゃったの」

「え？　聞かれたって、何を？」

「私と麻衣先輩が……その、孝太郎君と……エッチしたこと」

あまりのショックで、次の言葉が出てこない。

孝太郎が愕然としていると、桃子は申し訳なさそうに言葉を続けた。

「ナースステーションで、麻衣先輩と孝太郎君のことを話してたら、沙也香先輩が戻って来たことに気づかなくて……。ごめんね」

「い、いつのことです？」

「昨日の夕方頃。それとね……」

まだ何かあるのか。

緊張の面持ちで唾を呑みこむと、桃子はためらいがちに口を開いた。

「たぶん、玲子先生とのことも聞かれちゃったと思う」

「れ、玲子先生？」

「麻衣先輩、玲子先生と示し合わせていたことも話してたから」

「し、示し合わせていたって……」

「昨日、玲子先生とエッチしたんでしょ？」

便秘治療という名目はあったものの、やはりそういうことだったのか。

（普通に考えれば、あんな展開になるわけないもんな）

何にしても、孝太郎にとってはまさに青天の霹靂、崖から突き落とされたかのようなショックだった。

この世で一番大好きな女性に、複数の異性と短期間に肉体関係を結んだことを知られてしまったのだ。

まだ沙也香とは恋人同士でないとはいえ、どの面下げて告白できようか。

（も、もう……沙也香姉ちゃんとはダメかもしれない）

孝太郎が泣き顔を見せると、桃子は慌ててフォローに走った。

「沙也香先輩には、ちゃんと謝ったのよ。孝太郎君は悪くないし、無理やり私たちのほうから誘ったって言っておいたから」

もはや、桃子の言葉が耳に入らない。

「そ、それじゃ私、次の仕事があるから」

失意状態の孝太郎を見て、さすがに罪悪感を覚えたのか、桃子はそれ以上何も言わず、逃げるように病室を出ていく。

静まりかえった室内で、孝太郎はいつまでも項垂れていた。

性欲に衝き動かされるまま、玲子たちと関係を結んでしまった己が情けない。

男の生理を知っているナースといえども、浮気性な男というレッテルを簡単に剥がすことは難しいだろう。

孝太郎は無意識のうちにベッドから下り立ち、夢遊病者のようにフラフラと窓際に歩んでいった。

カーテンをそっと開けると、いつの間に降りだしたのか、霧雨が窓ガラスを濡らしている。

「……あっ。沙也香姉ちゃん、もう帰ってる」

孝太郎はハッとしながら、窓に顔を近づけた。

一階の一番端にある、沙也香の部屋には明かりがついている。いつもは閉めているはずのカーテンも開けっ放しになっており、沙也香らしき人影がゆらりと揺らいだ。

麗しのお姉さんは、まだナース服を着たままだったが、これから着替えをするつもりなのだろう。窓に近い場所に立ち、襟元のボタンをゆっくりと外している。

裸眼二・〇の視力が、沙也香の姿をじっと捉えた。

ただでさえ信用を失っているのに、覗きなどという卑劣なマネはしたくない。

そう思いながらも、なぜか孝太郎はその場から離れることができなかった。

表情まではさすがにわからないが、沙也香はどこか心あらずのように思える。

そうでなければ、年頃の女性が着替えをするときに、部屋のカーテンを閉めないわけがない。

孝太郎が瞬きもせずに注視していると、白衣が沙也香の足元にストンと落ちた。

上下お揃いの純白の下着が、視界に飛びこんでくる。

縁がレース仕様のブラジャーとショーツは、いかにも清純で淑やかな沙也香らしい下着だ。まるで天上から舞い降りた天使を見つめるように、孝太郎は一瞬にして惚けた表情になった。

(かわいい……やっぱりかわいいよ)

逃した魚は大きいという後悔とともに、好きだという気持ちが、心の奥底からじわじわと込みあげてくる。

何とかして、沙也香の許しを得る手立てはないものか。

孝太郎が思案を巡らせた瞬間、思わぬ出来事が起こった。

沙也香は下着姿のまま、いつまで経っても普段着に着替えようとしない。

ぼんやりと立ち尽くしたまま、顔を俯けている。

「何だ？　沙也香姉ちゃんは何を……あっ!?」

孝太郎は目を見開き、驚きの声をあげた。

沙也香はだらりと下げていた両手をあげ、顔を覆うと、肩を小刻みに震わせたのだ。

その姿はどう見ても、さめざめと泣いているように思えた。

（さ……沙也香姉ちゃん）

胸が締めつけられるように苦しく、動悸が激しくなる。

もし沙也香の泣いている理由が自分にあるなら、こうしてはいられない。

たとえどんなにののしられようと嫌われようと、ほんの片時でも側にいたかった。

身体が無条件に反応し、脱兎のごとくドアへと向かう。

いても立ってもいられなくなった孝太郎は、引き戸を開け、非常階段のある出口に全速力で駆け寄った。

「く、くそっ！　開かないよ」

ギプスの嵌められた手では内鍵を外すどころか、ドアノブを回すことさえできない。

孝太郎は仕方なく階段を駆け下り、自動ドアのあるエントランスに向かった。

「孝太郎君!?」

ナースステーションにいた桃子が椅子から立ちあがり、驚愕の眼差しを注いでくる。他の入院患者や見舞い客が何事かと振り向くなか、孝太郎はかまわずエントランスから飛びだし、短距離ランナーのように女子寮へと走っていった。

雨粒が額に当たり、瞼から頬に滴り落ちてくる。

それでも孝太郎は顔を拭おうともせず、沙也香の部屋へ一目散に突っ走った。

全身の血が沸騰し、頭がカッカッと熱くなっている。

心臓が破裂しそうな鼓動を打ち、愛する人への気持ちが風船のように膨らんでくる。

寮の玄関口に回ろうと思ったのだが、もはやそんな余裕すらない。孝太郎は明かりのついている部屋の前から、窓ガラスが振動するような声を轟かせた。

「沙也香姉ちゃん！」

何の変化もなく、再度呼びかけると、ようやく窓の向こうに沙也香が姿を現した。

目元はまだほんのりと赤かったが、よほど驚いたのか、目を丸くしている。

「こ、孝太郎君⁉」

窓が開けられたとたん、抑えきれない気持ちが自然と口をついて飛びだしていた。

「沙也香姉ちゃん、好きだ！　お、俺とつき合ってください‼」

他の部屋の窓が開けられ、ナースたちが何事かとびっくり顔を覗かせる。それでも、孝太郎の熱い思いが止まることはなかった。

恥ずかしいなどという気持ちは微塵もない。

嘘偽りのない正直な心情を、好きな女性に目いっぱいぶつけたかった。

「沙也香姉ちゃん、好きです!! 大好きだぁぁぁぁっ!!」

前方の窓からは複数のナースたちが、そして後方には慌てて駆けつけた桃子が心配そうに見守っている。

彼女たちの視線も何のその、孝太郎は金切り声をあげ、時の経つのも忘れて沙也香に愛の告白を連発し続けていた。

3

翌日、孝太郎はタオルケットを頭から被り、凄まじい自己嫌悪に陥っていた。

冷静になればなるほど、猛烈な羞恥が込みあげてくる。

やや困惑げに、顔を真っ赤にさせていた沙也香の表情が忘れられない。

雨でずぶ濡れになった孝太郎は、桃子に止められ、病院へと連れ戻された。

そのときも、怒鳴るように愛の告白をぶちかましていたのだから、まさに迷惑以外の何物でもなかった。

(俺ってバカだなぁ。ただ、沙也香姉ちゃんに会いたかっただけなのに……。もう、完全に嫌われちゃっただろうな)

いったい、どんな顔をして会えばいいのだろう。

その場面を思い浮かべると、もう死にたいとさえ考えてしまう。

孝太郎の昨夜の行動は、すでに院内に広く知れ渡っていた。

廊下を歩けば、ナースたちはもちろん、見知らぬ入院患者まで好奇の眼差しを注ぎ、失笑を洩らす。

孝太郎は聖邦総合病院では有名人だけに、なおさら注目を浴びやすいのだろう。

玲子からはこっぴどく怒られ、「それだけの元気があれば、通院で大丈夫そうね」と、退院の勧告まで受けてしまったのだから、結果的には踏んだり蹴ったりの状況だった。

(沙也香姉ちゃん、どう思ったのかな。きっと、担当も代えられちゃうんだろうな)

幸いにも今日の沙也香は夜勤だったが、狭い院内でいつまでも顔を合わせないというわけにはいかない。

結局この日の孝太郎は、一日中ベッドに横たわっては深い溜息をこぼすばかりだった。

「退院は……明後日か」

通院という道は残されていたが、沙也香との接点は少なくなる。

孝太郎は、まだ彼女の携帯番号さえ聞いていないことに気づいた。

(毎日といっていいほど、顔を合わせていたもんな。もう聞いても、教えてくれそうにないか)

時刻は、深夜の一時。

ナースコールで沙也香を呼びだそうとも考えたのだが、昨夜のことを思いだすと、どうしても躊躇してしまう。昼間はずっとふて寝をしていたので、眠気も起こらず、孝太郎は暗い天井をただボーッと眺めるばかりだった。

「あ……また雨だ」

窓ガラスにポツリポツリと浮かんだ雨粒は、やがて激しい音とともに滝のように流れだす。まるで、バケツをひっくり返したようなどしゃぶりだ。

雨だれの音が響いてくるなか、孝太郎は病室の扉がノックされたような気配に気づいた。

入り口をじっと見つめていると、確かに誰かがドアを叩いているようだ。

孝太郎はすかさず、枕元に置いてある照明スタンドのボタンをギプス越しの手で押した。

「は、はい！」

大きな声で答えると、引き戸がすっと開けられ、伏し目がちの沙也香が顔を見せる。

「さ、沙也香姉ちゃん」

麗しのお姉さんは何も答えずにドアを後ろ手で閉めたが、内鍵がかけられる小さな音を、孝太郎は決して聞き逃さなかった。

沙也香はやはり俯いたまま、ゆっくりと歩み寄ってくる。

（と、とにかく……俺のほうから謝らないと）

孝太郎がベッドから上半身を起こそうとすると、彼女はそれを制し、バラの蕾のような唇を開いた。

「……びっくりしたんだから」

黒目がちの瞳が、真っすぐに向けられる。

笑ってはいないし、キッとした眼差しだったが、激怒しているようには見えない。

睨みつける視線には、なぜか甘さを含んでいるように思えた。

「ご、ごめんなさい」

唇をキュッと噛みしめると、沙也香は丸椅子に腰掛けながら、フッと小さな吐息を放った。

「ホントに、しょうがない子。風邪引かなかった？」

「うん、大丈夫。玲子先生には、こっぴどくお灸を据えられたけど」

「……退院、明後日だってね」

「沙也香姉ちゃん、俺……っ！」

憧憬のお姉さんに対し、またもや熱い思いが噴出してくる。真剣な表情で口を開くと、沙也香は右手の人差し指を、孝太郎の唇にそっと押し当てた。

「何も言わないで。孝太郎君の気持ちは、もう十分わかったから」

「それじゃ……」

「ちゃんと答えなきゃ、と思って来たのよ」

彼女を思う気持ちは一方的なもので、受けいれてくれる保証は何ひとつない。孝太郎が緊張から喉をゴクリと鳴らした直後、沙也香は一転して満面の笑みを見せた。

「私のほうが四つも年上だけど、いいの？」

「え？」

「仕事だって不規則で忙しいし、他の女の子に目移りしちゃうんじゃない？」

「そ、そんなこと……っ⁉」

言いかけたとたん、孝太郎はハッとして口を噤んだ。

沙也香に恋慕の情を抱きながらも、麻衣、桃子、玲子と三人の女性と関係を結んでいる。

(もし交際できるのなら、絶対に浮気しないって誓うんだけど、今の俺が言ったところで白々しいよな)

孝太郎は苦渋の顔つきをすると、精いっぱいの弁明を試みた。

「ごめん。昨日は、そのことで怒ってたんだよね。言い訳はしないよ。俺、すごくエッチな男だし、いつもスケベなことばかり考えてるけど、沙也香姉ちゃんが許してくれるなら、浮気しないように努力する」

嘘偽りのない本心を告げると、沙也香は再び小さな吐息を洩らした。

「努力するか……。孝太郎君って、昔から正直すぎるのよね」

「え？」

「ホントは、浮気なんて絶対にしないって言ってほしかったんだけど」

「あ……あ」

しまったと思っても、一度放った言葉は翻せない。

それでも沙也香は、年上のお姉さんらしい笑みを崩さなかった。

「今回だけは許してあげる」

「え？」

「だってそうでしょ？　まだ私たち、つき合っていないんだもの。孝太郎君が、誰とエッチしていたって関係ないわ」

「は、はあ」

沙也香は終始大らかな態度で接してはいたが、徐々に嫌味っぽい口調になっている。やはり孝太郎と玲子たちの関係を、心のどこかで許せないという気持ちがあるのかもしれない。

「それに男の子の生理だって、ちゃんとわかっているつもりよ。両腕がその状態だもの。仕方のないことだと、割りきることにしたの」

「そ、それじゃ……」

新たな息吹が吹きこまれたかのように、身体の内側から喜悦が満ち溢れてくる。

ガバッと起きあがった孝太郎に、沙也香ははっきりと釘を差した。

「その代わり、これからする浮気は絶対に許さないからね」

「つ、つき合ってくれるんだね⁉」

改めて確認すると、可憐なお姉さんは頬をポッと染め、コクリと頷いた。

「沙也香姉ちゃん！」

「あ、孝太郎君っ……」

子犬がじゃれつくように、沙也香の身体に抱きついてしまう。

力いっぱい抱擁すると、透き通るような白い首筋から甘い芳香が漂った。

（あぁ、何て柔らかい身体なんだ。交際開始したら、あんなことやこんなこともできるんだよな）

安心したせいか、とたんに淫らな妄想が頭の中を駆け巡る。

孝太郎の逸物は、パジャマのズボンの中でグングンと膨らんでいった。

「……孝太郎君」

「はいっ」

「やっぱり……つき合うの、もう少し考えたほうがいいかしら？」

「へ？」

慌てて身体を離すと、沙也香は侮蔑の眼差しを送ってくる。

「ど、どうして？」

「だって、やっぱり浮気しそうだもの」

お姉さんの視線が、孝太郎の股間に注がれる。

ズボンの前部分は三角に盛りあがり、天を突くほどのマストを張っていた。

「あ、あの……これは……その」

咄嗟に股間をギプスで隠した直後、沙也香はさもおかしそうに笑った。

「退院するまでの世話は、私がつきっきりでしてあげる」

「え？」

「玲子先生からも、そう言われたの。あなたが一人で面倒見なさいって」

孝太郎の沙也香に対する気持ちを、成熟の女性は汲み取ってくれたのだろう。

粋な計らいには、感謝せざるをえない。

担当変更を覚悟していただけに、これはうれしい誤算だった。

あまりの感動から、目の縁に涙を滲ませると、沙也香はさらに驚天動地のセリフを言い放った。

「こっちのほうの面倒も……ね」

「あっ……くっ」

細長い指が、股間の頂をそっと包みこんでくる。

清純なお姉さんの思わぬ行動に、孝太郎は全身をビクッと震わせた。

「あ……あ。沙也香姉ちゃん」

「他のナースに、またエッチな視線向けられたら嫌だもの」

「で、でも、す、すぐに退院するし……」

「それでも心配なの。退院したあとだって、しばらくはこの病院に通うんだし」

沙也香は上目遣いで睨みつけると、ズボンとパンツを強引に剥き下ろしていく。

すでに完全勃起を示した怒張が晒されると、孝太郎は顔を耳朶まで紅潮させた。

「こんなになって。そんなにすぐに溜まっちゃうの?」

恥じらいながら頷くと、ふっくらとした指が肉筒に絡みついてくる。

「あぁぁぁっ」

孝太郎は咆哮し、ベッドに仰け反った。

沙也香にペニスを初めてじかに触られた感触は、強力な電流を全身に何度も流されたかのようだった。

肉体的なことはもちろん、好きな女の子が自分の恥部に触れているという、精神的な充足感が異様な昂奮を喚起させているのかもしれない。

「……すごいわ。こんなに膨れちゃって、コチコチ」

孝太郎はすでに両肩で喘いでいたが、沙也香が指を上下に動かしはじめると、口のあいだから熱い吐息が間断なく放たれた。

「あ、ふぅ。う……んぅっ」

「気持ちいい？」

「き、気持ちいいよぉ」

沙也香は時おり孝太郎に視線を送りながら、勃起をゆったりとしごいている。

包皮が蛇腹のように往復し、雁首を刺激してくる感触が何とも心地いい。

孝太郎は枕から頭を上げ、可憐なお姉さんの一挙手一投足を凝視した。

（し、信じられないよ。沙也香姉ちゃんが、俺のおチンチンをしごいているなんて）

男根は目いっぱい張りつめ、尿道口からはすでに先走りの液が漏れはじめている。

透明な粘液が亀頭を伝って滴り落ち、沙也香の指のあいだに滑りこむと、孝太郎は心臓をドキリとさせた。

ニチッニチッという淫らな擦過音が、少年の性欲を苛烈に煽りたててくる。

孝太郎の射精感は早くもレッドゾーンへと飛びこみ、もはやいつ発射してもおかしくないような状況だった。

「……いやらしいわ」

囁くように呟いた、沙也香の声が耳に入ってくる。

孝太郎は悶絶しながらも、可憐な容貌に目を向けた。

すでにお姉さんの顔は首筋まで桜色に染まり、瞳がしっとりと潤んでいる。

微かに開いた唇から放たれる熱い吐息、忙しなく起伏する胸の膨らみ、心なしか腰までもじもじさせているようだった。

(沙也香姉ちゃんも、か、感じてる⁉)

孝太郎が目を見張った瞬間、驚くべきことが起こった。

沙也香が身を屈め、可憐な唇を亀頭に近づけてきたのである。

紅色の愛らしい舌がちょこんと突きだされ、スモモのような宝冠部をペロリと舐めあげられる。

「う……おっ」

孝太郎が両足を一直線に伸ばすと、沙也香は意を決したかのように口を開け、亀頭全体を口腔にすっぽりと収めた。

「はうぅぅぅっ！」

柔らかい唇と生温かい唾液の感触が、ペニスをしっとりと包みこんでいく。

沙也香は眉をひそめながら、亀頭と雁首に舌を這わせていった。

テクニックとしては、稚拙なものだったのかもしれない。

それでも孝太郎は感極まり、腰をしゃくりあげさせた。

「う……ンぅ」

鼻から甘ったるい息をつき、顔を懸命に打ち振る、お姉さんの奉仕の心に性感が激しく揺すぶられる。

（あ、あ。やばい、出ちゃいそう）

ペニス全体がねっとりとした感触に覆われ、ぬくぬくと火照りだすと、孝太郎は慌てて会陰を引き締めた。

同時に沙也香が顔と手の動きを止め、椅子からすっくと立ちあがる。

孝太郎は狂おしげな表情で、麗しのお姉さんを仰ぎ見た。

沙也香の体温は、かなり上昇しているようだ。額や頬がしっとりと汗ばんでいる。

スカート部分の布地がふわっと翻った瞬間、沙也香はパンティストッキングをするすると引き下ろしていた。

（え？　ま、まさか）

くるくると丸められたパンストが足先から抜かれ、椅子の上に置かれる。そしてやや後ろ向きになり、再び裾の中に両手を潜りこませ、腰をもぞもぞと蠢かせた。

スタンドの微かな照明が、お姉さんの姿を幻想的に浮きあがらせる。

孝太郎は瞬きもせずに、沙也香の姿態を注視した。

穢れなき純白のショーツが、美脚の上を滑るように下ろされる。

足首から抜き取った布地を、これまた丸めてスカートのポケットに忍ばせる。

愛くるしいお姉さんが、恥じらいながらベッドの上に這いのぼり、腰を跨いでくると、孝太郎はさすがに彼女の本心を読み取ることができた。

「い、いいの？　病院なんかで……」

「いいの。だって孝太郎君を、少しでも早く自分のものにしたいんだもの」

あまりの感激に、熱いものが込みあげてくる。だが沙也香の切羽詰まった行動は、言い換えれば、孝太郎をまだ信頼していないとも言えるのだ。

玲子たちと肉体交渉があったという事実は、それだけ彼女に大きなショックを与えていたのだろう。

孝太郎は申し訳ない心情に見舞われながらも、期待感に胸を躍らせた。

スカートが垂れているため、お姉さんの花園はいっさい見えない。

沙也香は布地の裏側でペニスをそっと摘まみ、腰を徐々に落としていった。

手探りで亀頭の先端をスリットに滑らせ、やがて窪んだ窄みにぴたりと合わせる。

ヌルリとした粘液の感触を捉えた瞬間、怒張はゆっくりと膣の中に埋没していった。

（あぁぁぁっ、つ、ついに沙也香姉ちゃんとエッチを……!?）

歓喜に総身を粟立たせたとたん、痛々しげな声が耳に飛びこんでくる。

「あ……くっ」

沙也香は下唇を噛みしめ、眉間に無数の縦皺を寄せていた。

宝冠部は隘路にギューッと締めつけられ、決して奥には進んでいかない。

(ま、まさか……嘘でしょ?)

孝太郎は唾を呑みこむと、信じられないといった表情で口を開いた。

「お、お姉ちゃん。ひょっとして……初めて?」

震える声で問いかけると、涙目の沙也香がキッと睨みつける。

「そうよ。悪い?」

「で、でも……どうして? 交際している人もいたって、言ってたじゃない」

「キスまでしか、してなかったの。ナースになるのは子供のときからの夢だったから、ずっと勉強の毎日だったし。……がっかりした?」

「ううん、そんなことないよ」

がっかりどころか、こんな自分にバージンを捧げてくれるのである。

あまりの感動とうれしさで、飛びあがりたいぐらいだ。

それでも沙也香が再び苦悶の表情を浮かべると、孝太郎は心配そうに問いかけた。

「大丈夫？　もし痛かったら無理しなくても……」

「いいのっ！」

可憐で清純なお姉さんには、昔からひどく頑固な一面がある。孝太郎が苦笑したとたん、ペニスの切っ先は膣肉を割り開くようにくぐり抜けていった。

「あ……ンっ」

やはり痛みを感じるのか、沙也香は唇を真一文字に結んでいる。

（おチンチンの先が壁みたいのに当たってるけど、これが処女膜？　それにしても、すごい締めつけ）

玲子たちと結合したときとは、明らかに感触や具合が違う。

下からチョンと突きあげると、沙也香はすかさず裏返った声を発した。

「やっ……動かないで」

つぶらな瞳からは、今にも涙がこぼれ落ちてきそうだ。

守ってあげたくなるような、何と愛くるしい表情なのだろう。

「お姉ちゃん、もう少し身体の力を抜いてみて」

「こう？」

拙い経験なりにアドバイスを送ると、沙也香は「はぁっ」と大きな息を吐く。

次の瞬間、肉棒はズブズブと膣奥に埋めこまれていった。

「あ……んぅっ」

「あ、入っちゃう」

しっとりとした肉襞が、ペニスの根元まですっぽりと包みこんでいる。

膣壁がキューッと窄まり、肉筒をジーンと疼かせると、まったりとした幸福感が全身を覆い尽くしていった。

(あぁ、ようやくお姉ちゃんとひとつに繋がったんだ。締めつけはさすがにすごいけど、あったかくて気持ちいいや)

条件反射で腰を動かすと、沙也香は慌てて黄色い声をあげる。

「あ、だめっ……まだ動かないで」

処女を喪失したばかりということもあり、まだ相当の痛みを感じるのだろう。

やがて沙也香はこわごわと、さざ波のようにヒップを揺すりはじめた。

緩やかな抽送でも、なめらかな柔襞はペニスに十分な刺激を与えてくる。

「大丈夫？　痛くない？」

「……うん。まだ動かないでね」

それでも心配そうに声をかけると、沙也香は溜息混じりに答え、上体を屈めて孝太郎に抱きついてきた。

背中にそっと手を回し、麗しの彼女との一体感をしばし満喫する。

（お姉ちゃんの身体、熱くて火の玉のようだ。ふにふにとした身体の感触は伝わってくるのに。あぁ、手でじかに触ってみたいよ）

孝太郎がそう考えた直後、怒張に甘美な電流が走り抜けた。

膣内粘膜がゆったりとしたスライドで男の肉をしごきあげ、キツキツの膣壁がうねりながら勃起を揉みこんでいく。

（ああ、いい。き、気持ちいい）

孝太郎は無意識のうちに、下から腰を軽く突きあげた。

「あンっ」

沙也香の長い睫毛がピクリと震え、かわいらしい喘ぎ声が聞こえてくる。

なるべく痛みを与えないよう、ゆったりとした抽送を繰り返すと、麗しのお姉さんも再びヒップを揺すりはじめた。

初恋の君と結ばれた感激も多大に影響しているのか、射精願望が瞬く間に頂点へのベクトルを描いていく。

「お、お姉ちゃん。俺……もうイッちゃいそうだよ」

「……イッて」

「いいの？　このままイッちゃっても？」

「……うん」

沙也香の腰は、わずかながらもピッチを速めていた。

孝太郎を少しでも気持ちよくさせたい、射精させてあげたいという気持ちが働いているのだろう。

前歯で下唇を噛みしめ、苦痛に耐える表情がいじらしい。

胸をキュンとときめかせた瞬間、深奥部で荒ぶる欲望の滾りは、尿管に向かって一気にひた走った。

「お姉ちゃんっ！　出ちゃう、出ちゃうよ!!」

「イッて！　たくさん出して!!」

沙也香は、スライド幅の短いストロークで腰を振りたててくる。

孝太郎は双眸を閉じると、全身の筋肉を強ばらせた。

「イクっ……イクぅぅぅっ」

熱い淫水がひくつく肉洞の中にほとばしり、怒張が何度も脈動を繰り返す。

沙也香のヒップの動きが止まると、孝太郎は抱きしめた腕に力を込めた。

「孝太郎君の……すごく熱い」

「はぁぁっ。いっぱい……出しちゃった」

さっぱりとした笑顔で答えると、お姉さんは顔を上げ、口元にソフトなキスを浴びせてくる。

瞳から溢れでた涙は頬から顎を伝い、孝太郎の唇にこぼれ落ちていった。

4

退院後の孝太郎は、人生がすべてバラ色に見えるほど幸福だった。

わずか半月あまりの入院とはいえ、閉塞的な空間に閉じこめられていた鬱屈感は、それなりにあったようだ。

外の清々しい空気も、燦々と照りつける太陽の陽射しも、風に揺れる木立の葉も、すべてが新鮮に映った。

(病院の中では童貞喪失ばかりか、かなりおいしい思いもしたけど、やっぱり外の世界はいいや。まるで生き返ったみたい)

もちろん、沙也香が交際を承諾してくれたという事実が、孝太郎の喜びを二倍にも三倍にもしていた。

退院してから五日後、今日は沙也香と初めてデートをする日である。

誰にも邪魔されない場所で、彼女と楽しく語らう光景を何度思い描いたことだろう。

（でも……エッチはお預けなんだよな）

沙也香とは、二度目のエッチはギプスが外れた日という約束を交わしていた。

ギプスを嵌めた状態では、いろいろと不都合があるのは否めない。

孝太郎自身も、今度は自分の手で沙也香の肢体に触れたいという思いが強く、彼女の提案を当然のごとく受けいれたのである。

それでも女の身体を知った少年の欲望は、ますます燃え盛るばかりだった。

普通の状態なら、持て余した性欲は自慰行為で発散できるのだが、ギプス越しの手ではパンツを下ろすことさえままならない。

陰嚢には目いっぱいの精液が溜まり、孝太郎は下半身が重苦しいほどの性欲に翻弄されていた。

ギプスが外される予定は、およそ二週間後。何とも待ち遠しい限りだ。

（エッチはなしでも、沙也香姉ちゃんだったら、きっと手か口でしてくれるんじゃないかな？）

思わず期待してしまうのは、初デートの場所が沙也香の実家だからだった。最初は映画を観にいくつもりだったのだが、食事やトイレのことを考えると、やはり自宅デートがいいという結論に達したのである。

幸いにも沙也香の両親は旅行に出かけているようで、家には誰もいないらしい。

孝太郎の股間は自宅を出たあとから疼きはじめ、パンツの中で半勃ち状態と化していた。

(沙也香姉ちゃんの家に行くのも、久しぶりだな)

足が自然と小走りになり、一刻も早く愛しの彼女に会いたいという気持ちが込みあげてくる。

自宅から歩いて五分。孝太郎は息を弾ませながら、沙也香の家のインターホンを押した。

ボーイフレンドの訪問を待ちわびていたかのように、玄関の扉がすぐさま開けられ、愛くるしいお姉さんが満面の笑みで姿を現す。

(か、かわいいなぁ)

今日の沙也香は、薄い水色のチュニックにデニムのミニスカートと、ラフな出で立ちをしている。可憐な容貌を見ただけで、股間の逸物はグングンと膨張していった。

「いらっしゃい」

「お、お邪魔します」

「今日は仕事も休みだし、誰もいないからゆっくりしていってね」

室内に招き入れられると、沙也香は軽やかに階段を昇っていく。

そのあとに続きながら、孝太郎はスカートの奥から覗く暗がりに目を見張った。

(今日の沙也香姉ちゃん、ずいぶんと短いスカートを穿いてるな)

訪問早々、どうしてもよこしまな思いを抱いてしまう。

沙也香の自室に導かれると、孝太郎はそわそわと落ち着きなく部屋の中を見渡した。

ピンク色のカーテンにベッドカバー、クリーム色の壁紙。チェストの上には、小物類や小さなぬいぐるみが置かれている。

いかにも女の子らしい明るい部屋だったが、室内には若い女性特有の甘酸っぱい芳醇な香りが充満していた。

「やだ。あんまりジロジロ見ないで」

「ご、ごめん」

「適当に座って。飲み物はもう用意してあるから」

部屋の中央にあるガラステーブルの上には、すでにジュースとお菓子、氷の入ったグラスが置かれている。

沙也香も、この初デートの日を楽しみにしていたのだろうか。

孝太郎はデイバッグを肩から下ろすと、ベッド脇を背に腰を落とした。

（ジュースは、やっぱり沙也香姉ちゃんに呑ませてもらうことになるんだよな）

その光景を想像すると、まるで新婚夫婦のようで、気恥ずかしくなってくる。

「久しぶりでしょ？」

「え？」

「この部屋に来るの。何年ぶり？」

「あ、ああ。確か最後に来たのが中学一年のときだったから、五年ぶりかな」

「そう。もう、そんなになるんだ」

「俺はもっと来たかったんだけど、沙也香姉ちゃん、全然誘ってくれなくなっちゃったから」

「あ、ひどい。急に遊びに来なくなったのは、そっちじゃない」

「それは勉強が忙しそうだったから、遠慮してたんだよ」

中学生の頃は、沙也香がひどく大人の女性に見えたものだ。

まさかその相手と結ばれ、恋人にまでなれるとは予想だにしていなかった。

（この愛らしい笑顔も、ふっくらとした身体も、今は俺だけのものなんだよな）

無意識のうちに、襟元から微かに覗く胸の谷間に視線が向いてしまう。

孝太郎が生唾を呑みこむと、沙也香は胸元を両手でクロスさせるように隠した。

「今、変なこと考えてたでしょ？」

「へ？」

「わかるもん。エッチな目してた」

甘く睨みつけてくる仕草が、何とも愛おしい。

「沙也香姉ちゃん！」

「な、何⁉」

膝立ちになり、そろそろと近づいていくと、沙也香は身の危険を感じたのか、やや後ずさる。

「お、俺……もう我慢できないっ」

嗄れた声で告げると、優しい面立ちのお姉さんは、はっきりとした口調で答えた。

「だめっ。ギプスが外れたらっていう約束でしょ？」

「殺生だよ。俺、オナニーだってできないんだから」

必死の形相で訴えると、沙也香は一転、恥ずかしそうに目を伏せた。

「……そうだよね。若い男の子だもの。我慢できないのも無理ないよね。でも、エッチだけは約束どおりにしてくれる？」

「え？」

「実は……まだちょっと痛いの──」

「痛い？」

「何か……あそこに木の棒が……挟まっているみたいで」

そう言いながら、沙也香は頬をポッと染める。

考えてみれば、彼女がバージンを喪失してから、まだ一週間しか経過していないのである。いまだ疼痛が残っていたとしても、無理からぬことであった。

「その代わり、今日はエッチ以外だったら、孝太郎君の望みを何でも叶えてあげる」

「えっ？　ホント!?」

「うん。退院祝いも、まだあげてなかったし」

凄まじい喜悦を込みあげさせた孝太郎は、傍らに置いてあったデイバッグを手前に引き寄せたものの、すぐさまバツの悪い表情へと変わった。

「な、何？　どうしたの？」

「う、うん。沙也香姉ちゃんにプレゼントを持ってきて、それで……あの」

「プレゼント？　そんな……悪いわ」

「いや、プレゼントと言っても、そんな大したものじゃないし」

「見せて」

「あっ」

沙也香はバッグを奪い取り、チャックを開けて、中から紙袋を取り出す。そしてガムテープを剥がし、うれしそうに封を開けていった。

「こ、これって……」

袋の中を覗きこんだお姉さんが、侮蔑の眼差しを送ってくる。

孝太郎が用意したものは、上から下までピンクのナース服だった。

制服は裾がフリル仕様の超ミニで、一見すると、まるでキャミソールのように見える。

付属のナースキャップ、アームウォーマー、太腿中途までのストッキングも、ど派手なショッキングピンクで、布地面積の異様に少ないTバックショーツまで入れられていた。

退院直後、愛する人との淫らな情交をあれこれ妄想しながら、ネットで探して衝動買いしたものだ。

「ご、ごめん。やっぱり……嫌だよね」

捨てられた子犬のような目つきでうかがうと、半ば呆れ顔の沙也香は紙袋を手にすっくと立ちあがった。

「もう。ホントにエッチなんだから」

「き、着てくれるの？」

「しょうがないでしょ。言うこと聞いてあげるって、約束しちゃったんだから」

「だから、沙也香姉ちゃん大好きなんだ！」

お世辞を投げかけると、沙也香はツンと唇を尖らせて部屋から出ていった。

待っている時間が、一時間にも二時間にも感じる。

すでに股間は限界ぎりぎりまで膨張し、今にもズボンのホックを弾き飛ばしそうだった。

「……孝太郎君」

「は、はいっ！」

扉の前から沙也香の声が聞こえてくると、背筋がピンと張ってしまう。

「どうしても……着なきゃだめっ？」

「だめです。約束でしょ？　まだ着てないんですか？」

「一応は着てみたんだけど」

「は、早くっ、早く見せてっ!!」

舌をもつれさせた孝太郎は、膝立ちの体勢でググッと身を乗りだした。

部屋の扉が、ゆっくりと開けられる。

鮮やかなショッキングピンクが目に映える。

おずおずとした足取りで室内に現れた沙也香を目にした瞬間、孝太郎は口をあんぐりと開け放っていた。

超ミニスカートとストッキングのあいだの太腿が、まるでババロアのように揺れている。鼠蹊部すれすれの裾からは、秘密の花園が今にも覗き見えそうだ。

ナースキャップも、手首から肘までを包むアームウォーマーも、あまりにもセクシーでかわいすぎる。

「恥ずかしいわ。そんなに見ないで」

「う、後ろを向いて」

上ずった声で懇願すると、沙也香は涙目でキッと睨みつけた。

「だめっ!」

「どうして?」

「だって……スカートが短すぎて、お尻が見えちゃってるんだもん」

「お尻が見えてる⁉」

それを聞いたら、いても立ってもいられない。

孝太郎はガバッと立ちあがると、猛禽類のような目つきで突き進んでいった。

「ちょっと、孝太郎君っ！」

沙也香は見られてなるものかと、必死にバックを死守する。

（くそっ。両手が使えたら、身体を押さえつけられるのにっ！）

何とか背後に回りこもうとしたものの、いつまで経っても堂々巡りを繰り返すばかり。そのうち、沙也香は口をへの字に曲げて眉尻を吊りあげた。

「もう何もしてあげないよ！　我慢できないんでしょ？　いいの⁉」

お姉さんの視線が下方に振られる。眼下を見下ろすと、ジーンズの中心部はこれ以上ないというほどのテントを張っていた。

「……あっ」

ここぞとばかり、沙也香が膝をつき、ズボンのホックを外してジッパーを引き下ろしていく。

すでに前触れ液が溢れでているのか、トランクスの前ジミが恥ずかしい。

猛烈な射精願望が込みあげ、孝太郎は腰をブルッとわななかせた。

ズボンがトランクスごと足首まで下ろされ、猛々しい怒張が扇状に翻る。隆々とした肉槍は、一刻も早い射精を訴えるかのように、ビクビクといなないていた。

「どうしたらいい？　手ですればいいの？」

グロテスクとも思える異形の物体にまだ慣れていないのか、沙也香は一瞬息を呑んだあと、こわごわと口を開いて問いかけてくる。

「あ、足で……」

「え？」

「足でしてほしい」

孝太郎は、入院していたときから抱き続けてきた願望を口にしていた。

美脚を覆い隠す、汗と体臭をたっぷりと染みこませたパンティストッキング。

その匂いを、心ゆくまで嗅いでみたい。

できれば、ペニスをやんわりと包みこんでほしい。

何度そう思っただろうか。

よほど想定外のセリフだったのか、沙也香はもう絶句している。

「お姉ちゃん、お願い。足でして」

「足でって……どうすればいいの？」

「俺はベッドに仰向けに寝るから、お姉ちゃんは俺の足元に腰を下ろして、足でおチンチンをしごいてほしいんだっ」

足コキの光景を想像したのか、沙也香が目元を赤らめ、孝太郎はその場で足踏みをするように、足首に絡まっていたズボンとパンツを脱ぎ取っていった。

「そ、その前に、おチンチンに唾をいっぱい垂らして！」

「ええっ！　そんなことするの？」

「潤滑油があると、もっと気持ちよくなるんだっ」

必死の形相で訴えると、沙也香は観念したのか、ややためらいがちに顔を前に突きだしてきた。

眉をたわめ、けなげに奉仕しようとする切な顔がたまらない。

さくらんぼのような唇を窄め、その隙間から透明な唾液が滴り落ちてくる。

とろりとした粘液が亀頭を水飴のように包みこむと、孝太郎は脊髄に甘美な電流を走らせた。

（お、お姉ちゃんの唾が、俺のおチンチンに絡みついてくる！）

ただそれだけの行為で、このまま射精してしまいそうだ。

唾液が根元までたっぷりまぶされると、孝太郎は荒い息を発しながらベッドに飛び乗り、仰臥の姿勢で哀願した。

「沙也香姉ちゃん、早くっ！」

沙也香がゆっくりと立ちあがり、スカートの裾を右手で押さえながら歩んでくる。

「目を瞑って」

「え？」

「目を開けてたら、恥ずかしいところが見えちゃうもの」

足コキはお姉さんの大切な部分を露わにさせたい気持ちもあったのだが、もはや射精感は臨界点をとうに過ぎている。

孝太郎は言われるがまま目を閉じ、息を大きく吸いこんだ。

ギシッという音とともに、沙也香がベッドに這いのぼる気配が伝わってくる。

意識的に足を左右に広げると、お姉さんは両足のあいだに腰を落とした。

(早くっ、早くっ！)

期待を大きく膨らませた瞬間、ペニスをなめらかな布地の感触が包みこんでいった。

「あ……くぅぅぅっ！」

「痛いの？」

「ううん、痛くない。痛くないから、足でしごいて」

お姉さんのストッキング越しの足の裏が、剛直の側面をゆっくりと摩擦していく。

ニチュニチュと、唾液まみれのペニスから発せられる猥音が艶めかしい。

「あぁっ……いい、気持ちいい」

孝太郎は喘ぎ声をあげ、下腹部が溶解するような快感に身を捩らせていた。

沙也香の足の裏は思っていた以上に柔らかく、適度な力で男根を揉みほぐしてくる。

発汗の一番多い部位でもあるせいか、しっとりとした湿り気と生温かさが、孝太郎の射精願望を緩みなく上昇させていった。

「そんなに気持ちいいの？」

「いいよ、いい。すぐにイッちゃいそう。少しずつ足の動きを速めて」

やや不安げな声音で問いかけた沙也香は、少年の要望どおり、スライドのピッチを上げていった。

足コキのコツを掴んだのか、上下左右に捻りをくわえ、両足を段違いに動かして、ペニスを嬲り倒していく。

「く、くおぉぉぉっ」

孝太郎は悶絶しながらも、閉じていた双眸を微かに開けた。

お姉さんのセクシーな淫ら姿を、網膜に焼きつけないわけにはいかない。

沙也香は後ろ手をつき、大股を広げて両足を前方に投げだしていた。

ビンビンに反り返ったペニスがよほど気になるのか、視線は孝太郎の下腹部にずっと据えられたままだ。その頬はリンゴのように真っ赤に染まり、唇のあわいからは熱い吐息が盛んに放たれていた。

(あっ、見えるっ！　お姉ちゃんのあそこが見えるぞっ!!)

ミニスカートの裾はウエスト近くまでたくしあがり、M字に開いた股の付け根には紐のように細いショーツが喰いこんでいる。

きめの細かい柔らかそうな白い肌。すべすべとした大陰唇はぷっくりと膨れ、ピンク色の布地が縦筋に沿って捩りこんでいる。中心部に浮き立った淫らジミを視界に捉えた瞬間、孝太郎の心臓は破裂しそうな鼓動を打った。

まだ見ぬ花芯を凝視し、舌でとことん味わってみたい。そしてまったりとした時間の中で、愛しい人とひとつに繋がりたい。

(やっぱりエッチしたいっ！)

本能の命ずるまま、沙也香に迫ろうと決意した瞬間、ペニスに凄まじい快美が走り抜けた。

沙也香もよほど昂奮していたのか、両足に自然と力が込められ、爪先が雁首を強烈に擦りあげたのである。

少年の自制を嘲笑うかのように、欲望の証が逆巻くように突きあげ、尿道口が餌を待つ鯉のようにパクパクと開く。

「あ、あ、あっ……イクっ！　イクぅぅぅぅぅぅっ!!」

孝太郎は上半身を弓なりに仰け反らせると、夥しい量の精液を鈴割れから噴出させていった。

第六章　悦楽と昂奮のハーレム狂宴

1

二週間後の夏休み最後の日、レントゲン撮影のあとに完治を告げられた孝太郎は、その日のうちにギプスを取り外すことになった。

担当主治医の玲子の他、沙也香と桃子がアシストを務めるなか、ピザカッターのような電動鋸でギプスに切れ目がつけられていく。

孝太郎は額に脂汗を浮かべ、皮膚まで切られそうな恐怖におののいた。

「先生、大丈夫ですか？」

「大丈夫よ。心配しないで」

「少し熱いんですけど」

「もうちょっとだから、辛抱してね」

やがてギプスが真っ二つに割られ、筋肉の削げ落ちた右腕が、およそ五週間ぶりに晒される。左手のギプスも同様の手順で外されると、孝太郎はようやく安堵の胸を撫で下ろした。

「それにしても、若いだけあって治りも早かったわね。完治は、九月の中旬過ぎになると思ってたんだけど」

「夏休みは丸つぶれですよ」

孝太郎が不服そうに頰を膨らませると、沙也香と桃子は口元に手を当ててクスリと笑った。

(でもよくよく考えてみたら、充実した夏休みを過ごせたのかもしれない。入院中に四人ものお姉さんたちとエッチできたんだし、沙也香姉ちゃんとはつき合えることになったんだから)

子供を助けて怪我をしなかったら、こんなおいしい体験はできなかっただろう。悪友たちと海に町にとナンパに繰りだしては、結局誰からも相手にされず、いまだに童貞だったかもしれない。

孝太郎は細くなった腕を擦りながら、真横に佇む沙也香に視線を送った。

彼女とは今日の夜、デートをする約束を交わしている。

ギプスが外されたということは、すなわち二度目のエッチが果たされるということでもある。

沙也香もすでに自覚しているのか、やや俯き加減で恥じらいの表情を見せた。

「今日で、通院も終わりよ」

「え？　あ、はい。今まで、どうもありがとうございました」

「あなたの顔を見られなくなるのかと思うと、ちょっと寂しくなるわね」

「ホントにお世話になりました」

「お世話になったのはこっちよ。あなたのおかげで、この病院の知名度もアップしたんだから。全快祝いしてあげないとね」

「え？」

「今日は、これから何か予定があるの？」

玲子が瞳の奥に、水銀のような妖しいきらめきを走らせる。

孝太郎は沙也香をチラリと見遣ると、はっきりとした口調で答えた。

「はい、今日は沙也香姉ちゃんが全快祝いをしてくれるんです」

玲子を始め、院内のナースたちは、そのほとんどが孝太郎と沙也香の関係を知っている。胸を張って答えると、玲子はそんな返答はさも想定内とばかりに言い放った。

「あら、ちょうどよかったじゃない」

「は？」

「全快祝いなら、いっしょにすればいいってことよ」

「で、でも……」

「わかってるわ。篠崎さんと、二人だけで祝いたいって言うんでしょ？　でもこれからは、いつでも好きなときに会えるじゃないの。幸いにも明日は日曜日なんだし、今日一日ぐらいはいいでしょ？」

「は……はあ」

「今日は私も早あがりだし、メンバーはここにいる四人と、非番の富永さんも誘えば来るはずだわ」

　確かに玲子の言うとおり、退院した今なら、沙也香とは誰の目も気にせずに会いたいときに会えるのだ。これが最後ということになるのなら、初体験の相手でもある麻衣にもちゃんと別れを告げておきたい。

「私、この病院の近くにある、パークツリー・マンションっていう所に住んでるの」

「え？　高台にある、あの高級マンションですか？」

「そう、そこでやりましょう。部屋は一〇〇五号室、時間は午後六時半から。いいわよね？」

　玲子は孝太郎と沙也香の顔を交互に見ながら、同意を求めてくる。

沙也香からしてみれば、玲子は直属の上司のようなものだ。

自分がはっきりと断らなければとは思ったものの、逡巡しているあいだに、玲子は話をそこで終わらせ、携帯を手に取った。

どうやら、麻衣に確認の電話をするようだ。

申し訳なさそうに沙也香へ視線を送ると、彼女は唇をツンと尖らせていた。

どうしてちゃんと言えないの、といった顔つきだ。

（……やばい。怒ってる）

全快した喜びも束の間、孝太郎は困惑げに肩を竦めていた。

2

夕方になり、孝太郎は小高い丘に建てられたマンションに向かったものの、その心は暗澹たる思いに満ちていた。

運の悪いことに、ナースの一人が急用で早退し、沙也香が代わりにロング日勤をすることになったのだ。

ロング日勤の終業時間は午後八時。

沙也香からのメールを受け取ったとき、孝太郎は背筋に冷たい汗を滴らせた。

事務的な文章から、彼女の怒りが十分に伝わってきたからである。

(仕方がない。全快祝いが終わったら、ひたすら謝るしかないよな)

深い吐息をこぼした孝太郎だったが、玲子の住むマンションに到着すると、今度は感嘆の溜息を洩らした。

陽の光を照り返す白銀の壁、レンガに囲まれた花壇、ホテルのロビーのようなエントランス。いかにもセレブが住むような高層マンションだ。

(やっぱり……医者って儲かるんだな)

インターホンパネルにいそいそと歩み寄り、部屋番号をプッシュすると、玲子の返答とともに、玄関扉のロックが外れる音が聞こえてくる。

やや緊張の面持ちでマンション内に足を踏み入れると、孝太郎は物珍しげにあたりをうかがいながらエレベーターに乗りこんだ。

(沙也香姉ちゃんは、仕事が終わったらすぐに来るんだろうな)

返信メールはすぐさま送ったものの、沙也香からの返答はいっさいなかった。

密室の中で、肉体関係のある三人の女性と過ごすことになるのだ。

得体の知れない不安感が、夏空の雲のように膨らんでくる。

エレベーターが十階に到着し、扉が開くと、孝太郎は廊下に歩みでた。

左方の突き当たりの部屋のドアが開け放たれ、桃子が右手をひらひらと振っている。

（あそこの部屋か）

やや小走りで向かうと、今度は室内から麻衣が顔を出した。

ナース服以外の、二人の姿を目にするのは初めてのことだ。

麻衣も桃子も暖色系のカットソーにミニスカートと、行動的な格好をしている。

胸の谷間と健康的な太腿が視界に飛びこんだ瞬間、孝太郎は心臓の鼓動をトクンと拍動させた。

「遅いわよ。五分遅刻」

「す、すみません」

「もう料理はほとんどできてるから。玲子先生も待ってるわ」

「お、お邪魔します」

彼女たちは早めに来て、酒のつまみを作っていたようだ。

室内に招き入れられると、おいしそうな匂いが玄関口まで漂ってくる。

麻衣や桃子に導かれ、リビングに向かった孝太郎は、部屋の豪奢な造りに惚けた顔つきをした。

幅の広い廊下にはふわふわの絨毯が敷きつめられ、左右には重厚な木の扉が四つもある。奥の部屋がリビングだろうか。美しいシステムキッチンは、居間側にカウンターテーブルが備えつけられ、一見すると高級バーのようだ。

ややや離れた場所には木のテーブルと椅子、奥の窓際にはコの字形のソファとガラステーブル、そして大型テレビが置かれていた。

（いったい……この部屋の家賃、いくらくらいなんだろう）

孝太郎が呆然と佇んでいると、キッチンから玲子のハスキーがかった声が響き渡った。

「あら、来たわね」

「お招きいただきまして、ありがとうございます」

玲子は大人の女性らしく、胸元とスカート裾がレース仕様のシックな黒のミニワンピースを着用している。

「ふふっ。リラックスして、ソファでくつろいでいてちょうだい。全快祝い、すぐに始めるから。富永さんと栗原さんは、ちょっと手伝って」

孝太郎は指示どおり、ソファのある大きな窓側に歩んでいった。

（大きなソファだなぁ。しかも革張り。ゆうに七、八人は座れるんじゃないか）

窓からは、町の夜景が一望できる。まるで美しい絵はがきのように、家々の明かりが満点の星のきらめきのごとく広がっていた。

（こんなマンションで、沙也香姉ちゃんと暮らせたら最高だろうな）

沙也香との新婚生活を思い描き、鼻の下を伸ばした孝太郎だったが、背後から快活な声が響いた直後、すぐさま現実へと引き戻された。

「さ、用意できたわよ。孝太郎君、座って」

「あ、は、はい」

玲子と麻衣が料理を運び、桃子は缶ビールとワインの瓶をガラステーブルに置く。チーズやサラミなどの酒のつまみの他、ピザにパスタ、野菜サラダに鶏の唐揚げまで並べられ、ちょっとしたイタリアンレストランに来たようだった。

「お、おいしそうですねぇ」

「口に合うかどうかわからないけど、たくさん食べてね。今日は孝太郎君が主役なんだから、真ん中に座って」

ソファの中央に陣取った孝太郎を囲むように、玲子たちが腰を下ろし、缶ビールが開けられる。

孝太郎はまだ未成年ということで、オレンジジュースが用意されていた。

「篠崎さんはまだだけど、先に始めましょうか。みんなコップ持って」

「孝太郎君、全快おめでとう！」

「あ、ありがとうございます。こんな僕のために……」

孝太郎がお礼の挨拶を言いかけたとたん、三人の美女たちはコップに入ったビールをぐいぐいとあおり、一気呑みしたあと、大きな息を吐きだした。

「はぁぁっ、おいしい！　最初はやっぱりビールよね！」

「仕事の疲れが飛んでいくようです」

「あれ？　桃子さんも未成年じゃ？」

「ふふっ、おあいにく様。先週の土曜日で、二十歳になりました」

そう言いながら、桃子は再び缶ビールをコップに注ぎ、クイーッと気持ちよさそうに白い喉を波打たせていく。

とても昨日今日、酒を呑みはじめたとは思えないような飲みっぷりだ。

桃子だけに限らず、玲子や麻衣もアルコールがよほど好きなのか、かなりのハイピッチでビールの缶を開けていった。

(す、すごい)

医療関係はストレスのかかる仕事だとは聞いていたが、よほどの欲求不満が溜まっているのだろうか。

その事実を裏づけるように、やがて彼女たちの口から仕事の愚痴が洩れはじめた。

「そう、そうなんです。泌尿器科の先生たちって、ホントにやな奴ばかり」

「頭のカタい、おじさん医師ばかりだからねぇ」

孝太郎は仕方なく料理を摘まんでいたが、玲子たちの顔は酒で紅潮し、早くも目が据わりはじめている。

壁時計を見あげると、宴会が始まってからまだ二十分も経っていなかった。

(な、何か妙な雰囲気。沙也香姉ちゃん、早く来てくれないかな)

心の中で懇願した直後、孝太郎は心臓をドキリとさせた。

桃子が、右手を太腿の上に這わせてきたのである。

「そうですよね。私も、あの先生は嫌いです」

彼女は相づちを打ちながら、手のひらで太腿を撫でさすってくる。玲子と麻衣の位置からは死角になっていたが、気づかれたら面倒なことになりそうだ。

孝太郎が手を払いのけようとした瞬間、桃子の右手は股間の膨らみをキュッと鷲掴んでいた。

(あ……くぅ。桃子さん、な、何を……!?)

指でペニスをゆっくりと揉みこまれ、いやが上にも血液が股間に集中していく。

元子ギャルナースに困惑の視線で訴えると、桃子はあどけない表情で口を開いた。

「孝太郎君っ。沙也香先輩とは、その後どうなの？」

「へ？」

玲子と麻衣の会話がピタリとやみ、好奇の眼差しが注がれる。

「つき合ってるんでしょ？」

「そうだよね。エッチはもう済んだの？」

「あの……その……」

どう答えたらいいものか。

孝太郎は瞬時にして、顔をゆでダコのように真っ赤にさせた。

「私たちは、あなたに大切なことを一から教えてあげたんだから、ちゃんと報告する義務があるわよ」

玲子が、悪戯っぽい笑みを湛えながら問いつめてくる。

「ま、まあ、それなりに……」

当たり障りのない返答をすると、女性陣は歓喜の悲鳴をあげた。

「あの真面目な篠崎さんとしたんだぁ」

「信じられない。でも孝太郎君、院内ではモテモテだったもんね。今だから言うけど、他にも狙っていたナースがいたんだから」

「そ、そうなんですか？」

答えながらも、桃子の繊細な指の動きに、孝太郎の逸物は条件反射のように膨張していった。

(桃子さん、こんな所で、いったいどういうつもりなんだよぉ)

困惑顔で訴えても、手を払いのけようとしても、細長い指先は男根をがっちりと捉えて離さない。

「それじゃ、今は一番楽しいときね。週に何回ぐらいしてるの？」

「へ？」

「退院してから三週間も経ってるんだもの。ちょうど夏休みだし、ひょっとして毎日のようにしてるんじゃない？」

「そ、そんなこと……」

「どうなのよ？」

玲子の問いかけに曖昧に答えると、桃子は勃起を力いっぱい握りこんだ。

「い、一回です！」

思わず口から出てしまった言葉に、三人の美女たちは驚きの声をあげる。

（しまった！）

「え？　それって少なすぎるんじゃない？」

「何か問題でもあるの？」

こうなったら、隠し立てしても仕方がない。

一刻も早く話を終わらせようと、孝太郎はありのままを告げた。

「あ、あの……二度目は、ギプスが外れてからしようということになったんです。僕もそのほうがいいから」

「そうか。考えてみたら、不都合だもんね。でも……ホントにそれだけ？」

「ど、どういう意味ですか？」

麻衣の質問に眉をひそめると、今度は玲子が当然のことのように言い放った。

「篠崎さんはもちろん、あなただって経験が豊富とは言えないもの。彼女をちゃんとリードできるか、不安もあったんじゃないの？」

孝太郎は、ぐっと言葉を詰まらせた。

沙也香のバージンは奪ったものの、それは彼女が積極的に動いて達成されたものだ。今度は男である自分がリードしたいのだが、絶対的な自信があるとは言えなかった。

「あ、もしかすると、今日がその二回目になるはずだったとか？」

「そうか。だとしたら、悪いことをしたわね」

「そ、そんなことないです。ありがたいです」

「ううん。大人の私が、もっと気を使わなければいけなかったのに。お詫びの代わりと言ったら何だけど、悩んでいることがあるんだったら相談に乗ってあげるわよ」

「え？」

女の子の心理や生理、そして愛撫の仕方や女体の構造、性感ポイントなど。教えてほしいことは山ほどあるのだが、ペニスがズキズキと疼きだし、神経が散漫になってしまう。そんな孝太郎の異変に、玲子がようやく気づいた。

「どうしたの？　お酒も呑んでないのに、顔を真っ赤にして」

麻衣が何事かと身を乗りだした瞬間、股間から桃子の手がやっと離れた。

ホッとしたのも束の間、ロリータナースがとんでもない爆弾発言を口にする。

「孝太郎君、催しちゃったみたいです。さっきから、あそこをビンビンにさせてるんだもん。もう気になっちゃって」

「えっ⁉」

ソファの上に膝立ちになり、孝太郎の股間を覗きこんだ玲子は、すぐさま淫蕩の笑みを浮かべた。

「若いのね。だったら実地指導といきましょうか？」

「へ？　じ、実地指導って……」

「私たちで、最後の補習レッスンをしてあげるの。きっと、ためになるわよ」

うれしくないと言えば嘘になる。

沙也香には悪かったが、心の奥底では彼女たちと再び淫らな関係を結びたいという思いが燻っていたのだ。

だが実際問題、今の状況では不可能に近かった。

時計の針は午後七時を過ぎ、沙也香の来訪まで、ほんの一時間程度しかない。

甘美なレッスンを、ゆっくりと受けている時間的余裕はないに等しかった。

「あの……気持ちはありがたいんですけど……あっ⁉」

拒絶の返答をしている最中、桃子の手によってジーンズのホックが外される。

「桃子さん、何を⁉」

慌てて仰け反り、ソファに倒れこんだ孝太郎のもとへ、玲子と麻衣が獲物を狙う女豹のように近づいた。

「どっちにしたって、これじゃ我慢できないよね」

麻衣がズボンの上縁に手を添え、パンツごと一気に引き下ろしていく。

「あ……ひっ」

慌てて上体を起こそうとした孝太郎の胸に、今度は玲子が逆向きの体勢で豊満なヒップを落としていった。

エアコンから流れる涼しい風が、下腹部をやんわりと包みこんでいく。

ズボンと下着を足首から抜き取られると、ぶるんと弾けだしたペニスは、存在感を誇示するようにいなないた。

「あなたが納得できるまでレッスンしてあげるから」

玲子は前屈みになりながら勃起を鷲掴み、アイスキャンディーを舐めるようにペロペロと舐めあげ、麻衣と桃子は両脇から肉胴と陰嚢に舌を這わせた。

「う……ひっ」

股間全体に、甘美な心地よさが広がっていく。

トリプルフェラの与える快感は、経験の浅い少年を瞬く間に官能の世界へと引きずりこんだ。

(あぁっ、いい。おチンチンが蕩けそうだ)

ピチャピチャ、ジュルジュルと、勃起をしゃぶりあげる猥音が何ともいやらしい。

「あンっ……もうタマタマが、キュンキュン吊りあがってる」

「青筋が脈打ってるわ」

「あ、くぅぅっ」

桃子に睾丸を舌の上で転がされ、はたまた口に含んで吸われると、孝太郎は狂おしさに上半身を仰け反らせた。

そのあいだも玲子は顔を打ち振り、亀頭をジュッポジュッポと舐りあげ、麻衣はフルートを吹くように、横から肉胴を舌でチロチロと掃き嬲る。

唾液まみれにされたペニスはやたら生温かく、唾液のヌルヌル感が孝太郎の性感を瞬時にしてリミッター限界にまで引きあげた。

(唇と舌の柔らかい感触が気持ちいい。これじゃ、すぐにイッちゃいそうだ!)

固く閉じた両目を開けると、玲子の豊満なヒップが目と鼻の先に揺れている。

孝太郎は射精を少しでも先延ばししようと、スカートをウエストまでたくしあげて反撃を試みようとした。

幸いにも、玲子はTバックショーツを穿いている。

まっさらな双臀が露わになると、孝太郎は秘芯を覆う細い布地を脇にずらした。

成熟した美人医師の中心部は愛液で濡れそぼり、秘裂は今にもこぼれ落ちてきそうな淫液でしっぽりとぬかるんでいた。

ゴム輪を広げるように、肥厚した陰唇を左指でくつろげ、右手の中指と人差し指をそっと押し当てる。

「ンっ！　ンぅぅぅっ」

玲子が鼻からくぐもった声を発した瞬間、孝太郎の指はニュルッという感触とともに膣奥へ埋没していった。

(す、すごいや。おマ○コの中、もうグチョグチョじゃないか)

指を前後にゆったりとスライドさせただけで、膣内粘膜が縦横無尽にくねり、グチュリという音とともに、粘っこい淫蜜が溢れでてくる。

「あぁぁっ、いやっ！」

玲子は口からペニスを抜き取ると、猛烈な勢いでペニスをしごきたてた。

「あっ！　だめっ……っ‼」

ただでさえ、孝太郎の性感は限界を極めていたのである。

肉胴を摩擦する苛烈な刺激は、少年の自制を木っ端微塵に吹き飛ばした。

「イクっ！　イクぅぅぅぅぅっ！」

「きゃンっ！」

「きゃあぁぁぁっ！」

麻衣と桃子の悲鳴が轟いた瞬間、熱い淫水が体外にほとばしっていく。

玲子はそれでも抽送を止めず、指が肉胴を往復するたびに、孝太郎のペニスは飽くなき放出を繰り返した。

「すっごぉい。ものすごい飛んだよ」

「やん、まだ出てるっ！」

「はぁっ、相変わらず、すごい量だわ」

三人の感嘆の溜息を遠くで聞いた直後、再びペニスに甘ったるい感覚が広がった。

彼女たちは精液を貪り尽くすように、ひくつく男根を舌で清拭しだしたのである。

グポッと唾液の跳ねあがる音を響かせ、肉胴が丁寧に舐りあげられていく。

股間の周りに飛び散った精液まで、舌で掬い取っているようだ。

「あ、あ……ぐぅっ」

むず痒い感覚に襲われた孝太郎は、腰を捩らせたものの、三人のお掃除フェラは手を抜くことなく延々と繰り返された。

「はぁ、ねっとりと濃いわぁ」

「見て。おチンチン、まだ勃ってる」

「連続で、もう一回ぐらいイキそう」

麻衣と桃子はそう言いながらソファから下り立ち、スカートの中に手を潜りこませる。二人の顔は火照り、瞳はまどろんでいるかのように虚ろだ。

パンティがするすると下りてくると、孝太郎は背中に悪寒を走らせた。

（ひょっとして、三人を相手にしなきゃならないの？）

レッスンとは名ばかりで、これではもう彼女たちの性欲のはけ口にされているとしか思えない。

両手が使えなかったことで、孝太郎は童貞喪失からこれまで受け身一辺倒だった。

寸止めに前立腺マッサージと、彼女たちに弄ばれた光景が脳裏に甦る。

再び逆レイプのような展開では男がすたるし、何とか彼女たちに一矢を報いたい。

「あぁンっ、孝太郎君。一番最初は私に入れて」

肩越しから振り向いた玲子が、甘えながら豊臀をくねらせると、ついに男の闘争本能に火がついた。

「きゃっ！」

上体を起こし、Tシャツを脱ぎ捨てて全裸になる。そしてソファに横倒しになった玲子を強引に仰向けにさせ、両足を目いっぱい左右に開脚させた。

「お望みどおり、してあげますよ。淫乱な先生には、たっぷりとキツいお仕置きをしてあげます」

ドスの利いた口調で告げた瞬間、玲子の瞳がどんよりと曇り、肉厚の腰がぶるっと震える。

孝太郎は膝立ちの姿勢で、肉筒の切っ先をぱっくりと開いた中心部に押し当てた。

「あ……あ」

腰をグイッと突きだすと、何の抵抗も受けずに、屹立は肉洞の中に埋めこまれていく。

「ひぃいっ！」

セクシー女医は背筋を弓なりに反らせ、衣を引き裂くような悲鳴をあげた。

（大丈夫だ。出したばかりだし、しばらくは保ちそうだぞ）

しょっぱなからガンガンと恥骨を打ちつけながら、孝太郎はまろやかな膨らみを見せる胸元に両手を伸ばした。

「あれ、先生。ノーブラだったんですか？　乳首がこんなに硬くしこっちゃって。ホントにいやらしい人ですね。毎日、オナニーばかりしてるんでしょ？」

指に力を込め、たわわな乳房を揉みしだきながら、人差し指で頂上の尖りをピンピンと爪弾く。

「はぁぁァんっ。そう、そうなの！　私、スケベな女なのぉぉぉぉっ！」

　麻衣と桃子は、どうやら玲子の性癖を知らなかったようだ。

　突然の逆転現象に茫然自失となり、ぽかんとした顔つきで見つめている。

　孝太郎はさらに腰を繰りだしながら、包皮から剥きだしになった陰核を右指でこね回した。

「クリトリスが、こんなに大きくなってますよ。ぐちょぐちょのおマ◯コから響いてくる音が聞こえますか⁉」

直線的なペニスのピストンだけで、ニッチャニッチャと、結合部から粘膜の擦れ合う抽送音がけたたましく響き渡る。

「あぁ、も、もうイッちゃう！　イッちゃうぅぅぅぅぅっ‼」

続けざまに放った言葉責めが、美人医師の熟れた肉体を凄まじい昂奮状態に陥れたようだ。

玲子は瞬く間に絶頂への螺旋階段を昇りつめ、豪奢な身体を大きくわななかせた。

瞳をくるっと反転させ、白目を剥いた豊満女医が肢体を小刻みに痙攣させる。

その様子を見届けたあと、孝太郎は膣からペニスを抜き、ソファから立ちあがった。

大量の愛液をまとった屹立はそそり立ち、男の尊厳を逞しげに誇示している。

「きゃっ！」

右足にパンティを絡ませたままの麻衣を強引に抱き寄せ、いまだ失神状態の玲子の上に四つん這いにさせる。

「孝太郎君、な、何を⁉」

「あれ、たっぷりとエッチしたいんでしょ？　お望みどおりにしてあげるだけですよ」

小振りなヒップを両手で抱えこみ、淫蜜を光らせている恥裂に亀頭をあてがう。

砲弾を撃ちこむように腰を突きだすと、麻衣は半開きの口から尾を引くような嬌声を放った。

「あ……ふぅぅぅぅンっ」

手を自由に使えることが、これほど爽快なことだとは、これまで思いもしなかった。

腰を動かせないように両手でがっちりと固定させ、ガンガンと腰を打ちつけていく。

「いやっいやっ、孝太郎君。激しすぎるぅっ。いやぁぁぁぁっ‼」

麻衣は嵐のような快楽から逃れようとしているのか、玲子の唇を貪るように舐めまわした。

正気を取り戻したセクシー女医が、再びヒップをくねらせておねだりしてくる。

「はぁ……ふぅンっ。私にも入れて」

「エッチな先生ですね。また、したくなっちゃったんですか？」

「ほしい、ほしいのっ！」

孝太郎は全身から汗の飛沫をまき散らしながら、麻衣と玲子の膣を交互に穿っていった。

「あぁぁぁ、いい、いいっ！」

「硬い！　孝太郎君のおチンチン、硬いわぁ!!」

「……あぁ、孝太郎君」

三人の快楽絵図を眺めていた桃子は、左手で自らの乳房を揉みしだき、股間に埋めた右指を激しくスライドさせている。そしていよいよ我慢できなくなったのか、ソファに這いのぼり、麻衣の腰を逆向きに跨いで乙女の秘園を孝太郎の口元に押しつけてきた。

フェロモンたっぷりの媚臭が、鼻先にムンムンと放たれる。

ふしだらな匂いに脳幹を痺れさせた孝太郎は、腰を繰りだしながら、元子ギャルナースの恥肉を無茶苦茶に舐りあげた。

「あ、ふン！　気持ちいい。おマ◯コいい」

ラストスパートとばかりに、恥骨をガツンと打ち当てると、麻衣の膣壁が波のようにうねり、ペニスをキューッと締めつける。

「いやっ、イクっ！　イクぅぅぅぅぅっ！」

ソプラノの声を裏返し、細い腰がガクガクと震える。

麻衣がエクスタシーに達したことを確信した孝太郎は、桃子を下から抱えあげ、ソファから下り立ち、床の上に仰向けに寝かせた。

両足首を掴んでV字に開脚させ、愛液でぬかるんだ恥芯をじっくりと凝視する。

「やっ、孝太郎君、恥ずかしい！」

「何が恥ずかしいんですか？　おマ○コ、もう溶け崩れてるじゃないですか」

狙いを定め、怒張を窪んだ膣口にあてがう。

こちらもさほどの抵抗を受けず、肉棒はずぶずぶと膣深くに突き進んでいった。

「あ、ひぃぃンっ」

苛烈な刺激を受け続けたせいか、それともあまりに膨張しすぎているのか、ペニスはかなり鈍感になっている。それでも三人目の情交となると、肉筒にはさすがにピリピリとした快美が走りはじめていた。

「あぁぁぁぁっ、いい！　あ、そこ！　ひぃぃぃぃぃぃン‼」

お預けが長かったぶん、桃子の性欲は切羽詰まった状態にまで追いつめられていたようだ。顔を左右に打ち振り、自ら恥骨を打ち当ててくる。

チュニックの上からでも、豊かな乳房がゆっさゆっさ揺れているのが、はっきりとわかった。

(連続の二回目とはいえ、こっちも……そろそろ限界かな)

射精に向け、怒濤のピストンを繰りだすと、滾る情欲が腰部の奥でどんどん膨らんでいく。孝太郎が括約筋を緩めた瞬間、桃子は全身を硬直させ、唇を真一文字に引き結んだ。

「イクッ……イ……クっ」

ベビーフェイスのナースは蚊の鳴くような声で絶頂を訴え、上半身をアーチ状に反らせていく。

(お、俺も……っ⁉)

最後のひと擦りで放出という寸前、室内に軽やかなチャイムが鳴り響いた。

「えっ⁉」

腰の動きを止め、思いだしたように壁時計を見あげる。

時刻は午後七時五十分。

（ま、まさか……沙也香姉ちゃん⁉）

ロング日勤の終業時間は八時だったはずだ。

孝太郎が呆然としていると、玲子が乱れた服を整えながらソファから立ちあがり、ふらつく足取りで室内インターホンに歩んだ。

「篠崎です」

「あ、はい。今、玄関扉を開けるわ」

スピーカーから聞こえてきた声は、紛れもなく沙也香だった。

冷や水を浴びせられたように、ペニスがシュルシュルと萎靡し、桃子の膣からポロリと抜け落ちる。

「孝太郎君、服を着て。富永さんも栗原さんも、パンティを穿きなさい」

さすがの二人も、かなり驚いたようだ。慌てて跳ね起き、身支度を整える。

「孝太郎君、何ボーッとしてるの。早くっ！」

「……あっ」

ようやく我に返った孝太郎は、右往左往しながら、床に散乱していたズボンとTシャツに手を伸ばした。

3

沙也香は、白いブラウスに水色のフレアスカートという出で立ちで現れた。いつもなら清楚な姿に胸をときめかせるのだが、さすがに今の孝太郎にその余裕は微塵もない。

酒宴の続きを装ってはいたものの、沙也香はすぐに異変を察知したようで、ニコリともせず、リビングに足を踏み入れたときから怪訝な顔つきをしていた。

「あ、沙也香姉ちゃん。は、早かったね」

「……うん、仕事がひと段落ついたから、婦長がもうあがっていいって」

「とにかく、篠崎さんが来たところで、改めて孝太郎君の全快を祝いましょう」

玲子の音頭で乾杯したあと、頃合いを見計らい、孝太郎はトイレへと席を立った。決して催したというわけではなく、負い目があるせいなのか、沙也香の側を少しのあいだだけ離れたかったのだ。

(交際が始まった以上、完全な浮気だもんな。バレたら、どんなことになるか)

小用を足しながら背筋をゾクリとさせた孝太郎は、愛液が乾いてカピカピになったペニスを見下ろした。

途中で中断したため、下腹部には欲情がまだモヤモヤと燻っている。

（ホントだったら、今頃沙也香姉ちゃんと二回目のエッチをしてたはずなんだけど）

深い溜息を吐きながらトイレの扉を開けた瞬間、孝太郎は心臓の鼓動を一気に跳ねあがらせた。

眉を吊りあげた沙也香が、腰に両手をあてて仁王立ちしていたのだ。

「私が来る前、何してたの？」

「何してたって……だ、だから俺の全快祝いを……」

「嘘っ。雰囲気がおかしいもの。リビングの中、何か変な匂いがするし」

「そ、それは……玲子先生たちがつけている香水と料理の匂いが混ざって……」

「ううん。そういう匂いじゃないわ」

腋の下を汗ばらせた孝太郎は、咄嗟に沙也香から視線を逸らした。

その仕草が、よからぬ行為があった事実を彼女に確信させたようだ。

「いいわ。あとでゆっくりと聞くから」

沙也香はキッと睨みつけ、入れ替わりにトイレへ入っていく。

（や、やばい。証拠があるわけじゃないんだし、絶対に最後までシラを切らないと。こんなことで別れることになったら、泣いても泣ききれないよ）

孝太郎はまるで死刑囚のような足取りで、玲子たちの高らかな笑い声が響いてくるリビングに戻っていった。

沙也香の不機嫌さはその後も変わらず、やけ酒とばかりに、ワインをぐいぐいとあおっていた。

「沙也香姉ちゃん、もうそのへんでやめといたほうが……」

心配した孝太郎が声をかけても半ば無視状態で、まさに取りつく島もない。

すっかりできあがった玲子たちも、缶ビールやワインの瓶を次々と開け、宴会さながらのどんちゃん騒ぎが始まる。

女医やナースたちの凄まじい乱れっぷりに、孝太郎はもはや顔色を失くし、ただぽかんと彼女たちの姿を見つめるばかりだった。

午後十時。泥酔した四人の美女たちは、床の上にマグロのように寝転がっていた。

(やっぱり、疲れてるってこともあるんだろうな。もう時間も遅いし、沙也香姉ちゃんを連れて帰ったほうがいいかも)

四方からグーグースースーと寝息が聞こえてくるなか、孝太郎は床から立ちあがると、燦々と輝く蛍光灯を非常灯に替え、沙也香の肩を揺り動かした。

「沙也香姉ちゃん、帰ろう。寮まで送っていくから」

耳元で囁いても、沙也香はピクリともしない。

(困ったな。俺一人だけで帰ったら、あとで何か言われそうだし)

お姉さんからの厳しい追及を考えると、ポイントは少しでも稼いでおきたい。

もう一度肩を揺すった孝太郎は、オレンジ色に染められた沙也香の寝顔に目を留めた。

愛くるしい容貌は、穢れのいっさいない純情可憐な少女のようだ。

生唾をゴクリと呑みこんだ孝太郎は、深奥部で燻っていた情欲を再燃させた。

(い、いけない。寝入りを襲ったりなんかしたら、ますます印象を悪くしちゃうぞ)

そう思いながらも、心の一方で、一刻も早く沙也香との関係をより深いものにしておきたいという願望もある。孝太郎は床に横たわり、横臥の体勢で寝ている沙也香の背中にぴったりと寄り添った。

(あぁ、お姉ちゃん。いい匂い)

下腹部をそっと押し当てると、柔らかいヒップの弾力が伝わり、ズボンの中のペニスが屹立していく。

堪えきれなくなった孝太郎は、頭を上げ、背後から沙也香の唇にソフトなキスを何度も見舞っていった。

「う……うぅん」

「沙也香姉ちゃん、俺、もう我慢できないよ」

耳元で囁くと、麗しのお姉さんは仰向けになり、うっすらと目を開けた。

「こ……孝太郎君」

酒が回っているのか、自分がどこにいるのか、まったくわからないような顔つきだ。

再び唇を重ねて舌を潜りこませると、熱化した息が口腔に吹きこまれた。

まろやかな胸の膨らみをゆったりと揉みしだき、そのままブラウスのボタンをひとつずつ外していく。

（あっ……フロントホックのブラだっ！）

孝太郎は目を細めながら胸元に顔を埋め、乳房の谷間にこもる沙也香の体臭を胸いっぱいに吸いこんだ。

甘いミルク臭に、汗の匂いを含んだぬくいフェロモンが鼻孔をこれでもかと刺激してくる。

「ブラを外してもいい？」

「……ぅぅン」

それを同意と勝手に結論づけた孝太郎は指先でホックを外し、円錐形の乳房をまろびださせた。

シミの一点もない、何とすべすべした肌なのだろうか。

仰向けにもかかわらず、乳房は少しの型崩れもせずに美しい曲線を描いている。

桜色の乳暈、小粒な乳頭も愛らしい。

孝太郎は唇を窄めて乳首に吸いつき、舌で転がしながら、右手を下腹部に移動させていった。

「あ……っ。ンぅ……だめっ」

「沙也香姉ちゃん、パンティを脱がすよ」

乳房から顔を上げて囁くと、沙也香は目を閉じたままコクリと頷く。

孝太郎は喜々とした表情で上体を起こし、スカートの中に両手を潜りこませた。

ヒップにまとわりついた布地を慎重に下ろし、足首から抜き取っていく。そして心臓をドキドキさせながら、むちっとした両足を割り開いていった。

(さ、沙也香姉ちゃんのおマ○コ、何てきれいなんだっ!!)

オレンジ色の照明の下、ふっくらとした恥丘の中心に息づく女陰が目を射抜く。

楚々と煙る絹糸のような恥毛、うっすらと縦に伸びた肉薄の陰唇。

陰核はまだ淫裂の中に潜んでいるのか、まるで少女のように可憐な秘芯だ。なめらかな肌の質感を見ているだけで、孝太郎は胸をざわつかせた。

新鮮な桃にかぶりつくように顔を近づけ、下から上へ舌先でそっと舐めあげる。

(沙也香姉ちゃんのおマ○コ、甘酸っぱくておいしいっ)

小振りな花びらが微かにひくつき、綻ぶように開いていくと、鮮やかなサーモンピンクの内粘膜が覗き見えた。

(もう我慢できない!!)

愛しい宝物を慈しむように、無我夢中で舌先をスリットに跳ね躍らせ、はたまた吸いついていく。くにくにとした陰唇の感触とともに、ふしだらな淫臭を含んだ熱気がムアッと立ちのぼり、鼻孔から脳幹を刺激した。

「は……ンぅぅぅぅっ」

指で陰唇を押し広げ、しっとりと濡れた膣内粘膜を露出させる。

舌を這わせると、ゼリーのような膣壁がぷるんと震え、ピンク色の折り連なる肉塊の狭間から、じゅくじゅくとした潤みを湧きたたせていった。

上部の肉鞘は包皮が剥きあがり、米粒大の陰核が芽吹いている。

唇を窄めて軽く吸いあげると、沙也香の下肢が小刻みに震えはじめた。

（やばい、やばいよ。したくなっちゃった）

恥蜜と唾液まみれの唇を離し、沙也香の顔を覗きこむ。

まだ夢うつつなのか、その表情はまどろんでいるかのようだ。

「お姉ちゃん、入れていい？」

「う……うぅンっ」

ズボンを下ろしながら問いかけると、沙也香は睫毛をピクリと震わせ、瞼をゆっくりと開いていった。

4

まだ頭が朦朧としているのか、沙也香の視線は焦点が合っていない。

やがて孝太郎の顔を見ると、徐々に瞳に生気を漲らせていった。

「こ、孝太郎君？　……あっ」

下腹部の異変を察知したのか、沙也香がハッとする。そしてすぐさま、射るような眼差しを向けてきた。

「しっ！　静かにっ。他のみんなが起きちゃうから」

あたりをキョロキョロと見渡した沙也香が、泣きそうな顔で口を開く。

「孝太郎君、ひどいわ」

「え？　だって、お姉ちゃんがいいって言ったんだよ」

「そんなこと言うはずないでしょ。絶対に許さないから」

玲子たちに気づかれないよう、小さな声で話していると、沙也香は瞼の縁に涙を滲ませ、鼻をクスンと鳴らした。

「……お姉ちゃん」

「いやっ」

すねて顔を背ける仕草が、堪らなくいじらしい。

「お姉ちゃん、ごめん。あとでどんな罰でも受けるから」

孝太郎は口元や首筋にキスの雨を降らせると、無意識のうちに右指を沙也香の股間に伸ばした。

「ちょっ……あ……ンっ」

散々舌で愛撫していたこともあり、柔襞は十分に濡れてこなれている。

「だめ……やめて……ぅぅンっ」

小さな尖りと化したクリトリスを指先でいらうと、沙也香はヒップをピクンと跳ねあげ、腰を艶めかしくくねらせた。

指先がぬめった秘裂の上を滑るたびに、温かい潤みが湧き水のように滲みでてくる。

孝太郎はとろみがかった花蜜を指先にたっぷり含ませると、再び陰核になすりつけていった。

「は、はぁぁぁぁっ」

玲子たちの寝息だけが聞こえてくる室内に、クチュクチュウと、淫らな抽送音が響き渡る。

はしたない猥音が、沙也香の耳にもはっきりと届いているのだろう。

唇を真一文字に引き結び、頬をみるみる桜色に染めていった。

(沙也香姉ちゃん、感じてるっ!)

たとえこのあと、どんな非難を受けようと、その覚悟はできている。

孝太郎はとにかくこの一瞬に、沙也香に対する愛情をすべてぶつけたかった。

「お姉ちゃん、好きだ。大好きだ!」

「……あぁぁ」

耳元で囁くと、沙也香が鼻にかかった甘い吐息を洩らす。

胸の膨らみが忙しなく上下に波打ち、体温が急上昇しているのか、すでに首筋は汗の皮膜をうっすらとまとわせていた。

「あ、やっ……ふ、ぅぅン」

鼠蹊部が小刻みな痙攣を始め、ヒップがツンツンと床から浮きあがる。

淫裂からは愛蜜がしとどに溢れだし、牝の淫臭があたり一面に立ちこめていった。

「お姉ちゃん、愛してるよっ！」

「嘘よっ、信じないもん……ンっ」

本能の赴くまま唇を奪うと、舌を一気に口腔へ潜りこませる。

次の瞬間、沙也香は舌を自ら絡め、根元からもぎ取るような吸引を見せてきた。

「は……ンっ。ふぅぅンっ」

すでにお姉さんの腰は激しくグラインドし、まさに悶絶という表現がぴったりの乱れようだ。

幸福感が全身を包み、舌の痛みさえ心地がいい。

「あ……ぐぅ」

驚いたことに、沙也香はキスをしながら右手を伸ばし、勃起に指先を巻きつけてくる。

ゆったりと上下にしごかれると、野太い血管がドクンと脈動した。

（あぁぁっ。お姉ちゃん、いやらしい。だめだ、もう入れたくて我慢できないよぉ）

性器を相互愛撫しながら、二人の性感は淀みなく研ぎすまされていく。

滾る白濁の塊が射出口をノックしはじめると、孝太郎は息苦しくなり、バラ色の唇から口を離した。

「……はあぁぁ」

「お、お姉ちゃん。あ、くっ！」

陰核を上下左右に爪弾けば、呼応するかのように、沙也香の指のスライドもピッチを上げていく。鈴割れからは大量の先走りが滴り落ち、キンキンに硬直したペニスは何度もしゃくりあげを見せた。

（やばい……このままじゃイカされちゃう）

孝太郎が限界を告げようとした矢先、沙也香の可憐な唇が開かれた。

「……入れて」

「え？」

「入れて……早く」

清楚で淑やかなお姉さんが放つ言葉とは思えない。

瞳はしっとりと潤み、顔全体が熱でもあるかのように火照っている。

愛する女性からせがまれるセリフが、これほど男心を歓喜させるものだとは。

孝太郎が膝元にとどまっていたズボンとパンツを足首まで下ろすと、沙也香も上体を起こし、ブラウスとブラジャーをもどかしそうに脱ぎ取った。

再びどちらともなく抱擁し、そのまま沙也香を床にそっと押し倒す。

ミニのフレアスカートがふわっと翻り、すっかり綻びきった花弁が晒される。

孝太郎は満を持して、割り開かれた両足のあいだに身体を潜りこませた。

「あ、ンっ」

ペニスの先端が淫裂を上滑りし、それだけで沙也香が腰をピクリと震わせる。

ひと際濡れそぼる窪みに亀頭の先端を押し当てると、生温かい感触とともに、勃起は膣口をくぐり抜けていった。

「あ……あ」

「く、くぅっ」

柔らかい肉襞が、上下左右から男根を包みこんでくる。

しっぽりとぬかるんだ肉壁の柔らかさが、ペニスをとろとろに溶かしていくようだ。

孝太郎は会陰を引き締めて射精感をやり過ごすと、陶然とした顔つきで腰をゆっくりと押し進めていった。

「あ……ぅぅぅぅンっ」

「大丈夫？　痛くない？」

「……うん、大丈夫」

初体験から、およそ三週間。膣内の痛みはすっかり消え失せたようだ。

孝太郎は安心感を得ると、肉筒を徐々に膣奥へ邁進させていった。

「ぜ、全部……入っちゃった。お姉ちゃん、わかる？」

「……うん。孝太郎君の、すごく熱い」

「じゃ、ゆっくりと動くから、痛かったら言ってね」

精いっぱいの気配りを見せながら、ゆったりとした律動を開始する。

沙也香は双眸を閉じ、下唇をキュッと噛みしめた。

その表情を見る限りでは、まだ痛みがあるように思えてしまう。

「痛いの？」

心配げに問いかけると、お姉さんは小さく首を横に振り、大丈夫よと言わんばかりに儚げな微笑を浮かべた。

（か、かわいいよ！）

胸を締めつけられた孝太郎のピストンに、力が込められていく。同時に下腹部に甘ったるい感覚が広がり、射精感は急カーブを描いて上昇の一途を辿っていった。

「あ……ンっ。ぅぅぅンっ」

お姉さんの両手が首に絡みついてくる。

微かに色づいた唇が開け放たれ、熱い吐息が断続的にこぼれはじめる。

汗ばんだ頬が濡れ光り、オレンジ色の照明が艶っぽさを演出すると、孝太郎は射精に向けてのスライドを開始していた。

生温かい愛液でしっぽりと濡れた膣肉が、怒張をぐいぐい締めつける。

甘襞を掻き分けるように、深層めがけて腰を振り続けると、徐々に脳内が白い輝きに塗りつぶされていった。

「あっ……やっ」

沙也香の眉根が寄り、狂おしそうな表情を見せる。

「い、痛い？」

再度問いただすと、麗しのお姉さんは吐息混じりに言い放った。

「な、何か変なの。あそこが気持ちよくて、身体がふわふわして……あっ！」

その言葉に後押しされた孝太郎は、砲弾を撃ちこむようなピストンに移行した。

結合部からニチュニチュウと、粘膜の擦れ合う音が響き渡る。

かち当たる恥骨同士が乾いた音を奏で、しなやかな身体が上下にぶれる。

「い、いやっ。だめっ。おかしくなっちゃう、おかしくなっちゃうっ！」

沙也香は嗚咽を洩らし、再び苦悶の顔つきに変貌していた。

孝太郎の下腹部も大きな快感の渦に巻きこまれ、思考が煮崩れしはじめる。

（ああ、気持ちいい。おチンチンが蕩けちゃいそうだっ）

こなれた柔襞が雁首を強烈に擦りあげた瞬間、青白い稲妻が頭のてっぺんから突き抜けていった。

やはり心の底から好きな人とするエッチは、他の女性とするときよりも充足感が桁違いに大きい。

「さ、沙也香姉ちゃん、俺、もう我慢できない！　中に出していい？」

「うん、うんっ！」

射精の許可を受けた孝太郎は、さらに大きなストローク幅で膣肉を掘り起こしていった。

媚肉が収縮を始め、肉筒をこれでもかと締めつけてくる。快感の海原に放りだされたお姉さんは、顔を左右に打ち振り、まるで泣きじゃくっているかのようだ。

やがて全身の筋肉を強ばらせ、虚ろな瞳で孝太郎を見つめたあと、眉間に皺を寄せ

ながら目を固く閉じていった。

「あ……あ……あ」

「イクっ……イクよ……イクぅぅぅぅっ」

「ひっ……いぃいぃ！」

ドリルのような掘削の一撃を叩きこんだ瞬間、濃厚な樹液が膣奥にほとばしる。

白い喉を晒した沙也香は、ヒップを上下にがくがくとわななかせ、孝太郎は何度も間欠を繰り返しながら、身も心もひとつになれた満足感と至福の喜びに陶酔していった。

腰の動きを止めると、全身の毛穴から大量の汗が噴きだし、心臓が破裂しそうな鼓動を打つ。

優美なお姉さんは顔を横に向け、肌の表面を小刻みに痙攣させていた。

心地いい絶頂感に浸っているのか、それとも失神状態にまで陥ってしまったのだろうか。孝太郎は息を大きく吐きだすと、膣からペニスを抜き取り、そのまま沙也香のとなりに倒れこんだ。

ぜいぜいと荒い吐息が止まらず、ありったけの体力を使ったせいか、身体に力が入らない。

目の中に流れこむ汗を右手で拭った直後、孝太郎はハッとした。

視界に突然、三つのシルエットが映りこむ。

人影はほんの目と鼻の先、紛れもなく玲子、麻衣、桃子だった。

いびきをかいて熟睡していたはずだが、いつ目を覚ましたのだろうか。そしていつから沙也香との合歓を見つめていたのだろう。

（あっ）

玲子らしき女性に腕を引っ張られた孝太郎は、沙也香のもとから離され、キッチンの手前まで引きずられた。

「ひどいわ。何も私たちの前でエッチしなくてもいいのに。見せつけてるの？」

「私も……また我慢できなくなっちゃった」

「さっきは中途半端に終わったから、まだ満足してないの」

玲子たちは甘い声音で囁くと、いまだ半勃ち状態のペニスに手を伸ばしてくる。

それぞれ一度ずつエクスタシーに達しているはずなのだが、何て貪欲な女性たちなのだろう。

「だめっ、だめですよ」

孝太郎は小さな声で拒絶しながら、沙也香のいる場所をちらりと見遣った。

麗しのお姉さんはまだ恍惚の世界をさまよっているのか、玲子たちの存在に気づいていないようだ。

（あぁ、こんな場面を見られたら、もう取り返しがつかないよ！）

せっかく苦労して危機を乗りきった努力も、すべて水の泡と化してしまう。

その場から何とか逃れようとしたものの、三人の女性にのしかかられ、身体が思うように動かない。孝太郎が顔を真っ赤にさせた瞬間、脊髄に再び甘美な疼痛が駆け抜けた。

（う、嘘だろっ⁉）

玲子と麻衣が愛液にまみれたペニスを、そして桃子が乳首を舐りはじめたのである。

グッポグッポと、凄まじいフェラチオで肉筒がしごかれる。

陰嚢と乳首が舌で転がされ、少年の性感を剥きだしにさせていく。

（さ、沙也香姉ちゃんを裏切ることはできない。ちゃんと拒絶しないとっ！）

孝太郎が口を開いたと同時に、そうはさせじとばかり、桃子が大股を広げて顔を跨いできた。

いつの間にパンティを脱いでいたのか。

すでにヌメリけを帯びた陰唇が口元に押しつけられ、鼻と口の上をニチュニチュと滑っていく。

「あ、ぷっ」

ふしだらな淫臭が鼻孔に忍びこんでくると、脳裏で青白い火花が八方に飛び散った。

玲子が包皮を根元まで剥き下ろし、薄皮状態と化した肉胴を上下の唇で磨くようにしごきあげる。

麻衣が皺袋を口に含み、甘噛みしながら強い吸引で睾丸を吸いあげる。

彼女たちの性戯は、少年の理性を根こそぎ奪い去るような凄まじさだ。

(こ、これから、いったいどうなっちゃうんだよぉ。あ……あぁ、やっぱり……気持ちいい)

頭の中は沙也香の面影で占められながらも、孝太郎のペニスはこれ以上ないというほどの肉悦にひりついていた。

リアルドリーム文庫の新刊情報

リアルドリーム文庫118

散らされた処女花
―女子高生アイドルに群がる野獣―

高校生ながらアイドルとして活動する美少女・雪乃は、清楚ながらEカップ美乳の容姿を不良グループに狙われ、背後にいるヤクザへの献上品として拉致されてしまう。

「やめ……、おねがいっ、それだけは許してぇ……っ」強面で筋肉質の武闘派中年に破瓜陵辱された少女は、奉仕調教を強いられ、徐々に肉体を開発されてゆく！

御前零士　挿絵／猫丸

9月下旬発売予定

感想募集 本作品のご意見、ご感想をお待ちしております

Impression

このたびは弊社の書籍をお買いあげいただきまして、誠にありがとうございます。リアルドリーム文庫編集部では、よりいっそう作品内容を充実させるため、読者の皆様の声を参考にさせていただきたいと考えております。よろしければ、お名前、ご住所、性別、年齢、ご職業と、ご購入のタイトルをお書きのうえ、下記の宛先にご意見、ご感想をお寄せください。

〒104-0041　東京都中央区新富1-3-7ヨドコウビル
㈱キルタイムコミュニケーション　リアルドリーム文庫編集部
■E-Mailアドレス rdb@ktcom.jp
■弊社サイトからも、メールフォームにてお送りいただけます。http://ktcom.jp/rdb/

リアルドリーム文庫最新情報はこちらから!!
http://ktcom.jp/rdb/

リアルドリーム文庫編集部公式Twitter
http://twitter.com/realdreambunko

リアルドリーム文庫117

清純ナースと豊艶女医

ときめきの桃色入院生活

2013年9月9日　初版発行

◎著者　早瀬《はやせ》真人《まひと》

◎発行人
岡田英健

◎編集
野澤真

◎装丁
マイクロハウス

◎印刷所
図書印刷株式会社

◎発行
株式会社キルタイムコミュニケーション
〒104-0041 東京都中央区新富1-3-7ヨドコウビル
編集部　TEL03-3551-6147／FAX03-3551-6146
販売部　TEL03-3555-3431／FAX03-3551-1208

ISBN978-4-7992-0465-8 C0193